LA BRIGANDE

Du même auteur :

Avec ou sans amour, Le Cercle du livre de France, 1958, Robert Laffont, 1959.

Doux-amer, Le Cercle du livre de France/Robert Laffont, 1960.

Quand j'aurai payé ton visage, Le Cercle du livre de France/Robert Laffont, 1962.

Dans un gant de fer : la joue gauche, Le Cercle du livre de France, 1965.

Dans un gant de fer : la joue droite, Le Cercle du livre de France, 1966.

Les morts, Le Cercle du livre de France, 1970.

Moi, je n'étais qu'espoir, Le Cercle du livre de France, 1972.

La petite fille lit, Éditions de l'Université d'Ottawa, 1973.

Toute la vie, L'instant même, 1999.

L'amour impuni, L'instant même, 2000.

CLAIRE MARTIN

La brigande

roman

L'inſtant même

Maquette de la couverture : Isabelle Robichaud

Illustration de la couverture : Claire Lamarre, *Jalouse*, 1998, diptyque, acrylique sur bois (2 × 101 × 35 cm).

Photographie : Danielle April.

Photocomposition : CompoMagny enr.

Distribution pour le Québec : Diffusion Dimedia
539, boulevard Lebeau
Saint-Laurent (Québec) H4N 1S2

© Les éditions de L'instant même
865, avenue Moncton
Québec (Québec) G1S 2Y4
info@instantmeme.com
www.instantmeme.com

Dépôt légal — 4e trimestre 2001

Données de catalogage avant publication (Canada)

Martin, Claire, 1914-

    La brigande

    ISBN 2-89502-166-X

    I. Titre.

PS8511.A84B74 2001   C843'.54   C2001-941540-0
PS9511.A84B74 2001
PQ3919.2.M37B74 2001

L'instant même remercie le Conseil des Arts du Canada, le gouvernement du Canada (Programme d'aide au développement de l'industrie de l'édition), la Société de développement des entreprises culturelles du Québec et le gouvernement du Québec (Programme de crédit d'impôt pour l'édition de livres – Gestion SODEC).

À travers le passé ma mémoire t'embrasse.

Paul-Jean TOULET.

Petit pan de mur jaune avec un auvent.

Marcel PROUST.

C'EST UNE HISTOIRE À TIROIRS et il ne faut, pour être clair, les ouvrir qu'au bon moment. Un peu trop tôt, un peu trop tard et on s'y perd.

C'est ce que je me disais quand je sortis de cette chambre, en pleine confusion des sentiments. Je l'avais laissée endormie, semblait-il, sous la garde d'une infirmière qui m'avait fait un bout de conduite jusqu'au vestibule. Ces dernières années, je n'étais pas venue ici bien souvent et j'avais retrouvé sans surprise, aux murs, les mêmes tableaux dont les toiles étaient devenues encore un peu plus sombres. Il y avait toujours la niche éclairée pour présenter une statuette dans le genre de Maillol avec des seins et des fesses comme il n'en existe que dans l'esprit du sculpteur. On a l'impression qu'il est épris, non pas de la chair, mais du marbre ou de la pierre. J'ai toujours eu envie de m'arrêter pour l'interroger – comme le Sphinx – et je me demandais par qui elle avait été choisie. Son corps arrogant semble fermé comme un tombeau. C'était Maurice, sûrement, qui l'avait posée là.

L'infirmière ne m'a pas reconduite jusqu'à la porte, nous avions entendu un gémissement et je suis partie toute seule comme une habituée. Après quelque pas et quelques respirations purifiantes, je me suis dit que j'étais plus étonnée que triste. C'est donc comme cela que les choses peuvent finir ? Une petite fille de huit ans, voilà ce que trente ans de vie peuvent lui faire ?

Je voyais bien comment les années avaient passé, les événements, les conjonctures, le temps qui file, l'amitié qui compte tellement et qui se détisse. Il y a bien une raison, des motifs. Je les comptais tout en marchant, puis je remis à plus tard. Il faisait beau, j'étais non seulement vivante mais robuste. Mes sentiments étaient confus, mais ils l'étaient depuis longtemps. Tout cela méritait réflexion et recherche.

En arrivant chez moi, je me suis savonné les mains longuement, puis je me suis assise à ma table de travail et j'ai sorti les agendas des dernières années. J'étais pressée de vérifier combien de fois nous nous voyions Nicette et moi, disons par année ? Bien peu. Au reste, il était évident que cela ne nous arrivait que dans des circonstances données, de façon systématique, l'approche des vacances d'été, les fêtes de fin décembre. Ces deux dernières années, plus rien ou presque – il faut bien se rendre à l'évidence. J'ai revu quelquefois Maurice, ici ou là, qui me disait que Nicette n'était pas bien mais n'avait pas l'air de savoir de quoi elle souffrait.

Le téléphone sonnait. (J'avais appris à ne pas toujours répondre.) Quand je me replonge, je le fais rarement, dans le souvenir du sentiment que j'avais eu pour Nicette, je ne cherche pas du côté de la réciprocité, cela est clos. Ce jour-là, je ne pouvais guère me défendre contre ce souvenir, il y a une amitié qui fut, pour ma part, parfaite, chaleureuse, quotidienne et quoi encore ! Jamais, pendant des années, je n'avais cru qu'elle pouvait finir, ni imaginé un possible motif d'en finir avec ce sentiment qui faisait partie de ma vie depuis l'enfance. C'est si précieux l'amitié, il est si nécessaire qu'elle dure toujours car elle ne porte pas en elle ce qui rend l'amour fragile. Eh bien ! il paraît qu'elle en porte aussi !

Du siège où j'étais, j'apercevais le voyant lumineux du téléphone. Il scintillait déjà quand j'étais arrivée. Tous ces gadgets, ces trucs et ces machins ne servent qu'à nous obliger à retourner les appels. J'étais trop fatiguée. Comme je venais de décider de ne rappeler à aucun prix, la sonnerie a recommencé deux fois, cinq fois et même six, si bien que j'ai fini par répondre pour faire cesser le tintamarre. C'était Maurice. Il me remerciait pour ma visite à Nicette.

– C'est peu de chose, allez.

– Au contraire, Cora, c'est très bien de votre part, très touchant.

Quelles paroles bizarres ! Ai-je fait quelque action d'éclat ? La conversation continua sur ce ton, puis il voulut tout savoir.

– Vous a-t-elle parlé ?

– Un peu, mais j'ignore si elle m'a reconnue.

Je ne lui ai pas tout raconté. Ces propos ultimes sont pénibles et parfois même risibles : le malade croit parler à quelqu'un d'autre et dit justement ce qu'il ne faudrait pas. Cependant, Maurice insistait et semblait inquiet. Je me suis demandé s'il ne lui avait pas suggéré des propos amicaux à mon endroit. Je l'ai rassuré, il me faisait peine.

– Elle ne m'a tenu que des propos confus et rien qui puisse m'ennuyer, croyez-moi.

– Mais Cora, pourquoi dites-vous cela ? Quelle drôle d'idée.

Eh oui ! mais les drôles d'idées fourmillent ce soir.

– J'aimerais vous parler, Cora. Je pourrais passer ?

– Pas aujourd'hui. Appelez-moi dans quelques jours.

Assez horriblement, je me disais que d'ici peu il serait débordé par toutes sortes de formalités et que cette visite annoncée ne se ferait pas.

Je me demandais, alors que Maurice allait bientôt se trouver seul, si leur mariage avait été ce que je soupçonnais qu'il fut : des années d'indifférence mutuelle. On pouvait se demander comment les choses se passaient entre eux. Est-ce qu'ils s'adressaient la parole quand ils étaient seuls ? Je ne les ai jamais vus se toucher la main, l'épaule, échanger un regard tendre, mais jamais, d'autre part, se parler avec animosité. On aurait dit qu'ils ne se connaissaient pas.

Au moment de leur mariage, dont je n'ai jamais oublié l'atmosphère bizarre, les petites péripéties inexpliquées, les propos de Nicette qui m'ont paru d'abord plaisanteries de mauvais goût, à ce moment, dis-je, nous avons commencé à nous voir sans plaisir. Le petit groupe s'était, au cours du temps, renouvelé, ceux qui me plaisaient le plus avaient filé vers d'autres cieux. Ils avaient traversé les âges où l'on quitte la famille, on commence à s'établir, et cela se fait souvent ailleurs, ces ailleurs dont on rêve depuis quelque temps. Ils avaient été remplacés par des garçons et des filles dont nous n'avions pas connu l'enfance et qui, en revanche, ne faisaient que passer. Je n'avais pas noué là de nouvelles amitiés. Nicette, au contraire, voyait beaucoup ces nouveaux arrivés.

Maurice avait, à l'époque, une situation moyenne dans je ne sais plus quel domaine. De par mon travail, je suis loin de toutes ces choses. Puis sa situation s'est améliorée. Ils ont quitté leur maison pour une autre, plus belle, qu'ils ont quittée également jusqu'à la dernière qui, située dans la rue la plus *fashionable*, ne la dépare pas.

De mon côté, je suis devenue veuve par un horrible accident que je revis plusieurs nuits par année mais à quoi je m'interdis de penser durant le jour. Malgré les années, qui n'ont pas effacé l'image au fond de mon cerveau, je n'y réussis pas toujours. J'ai quitté mon appartement pour un autre, plus petit.

Je ne suis pas sans moyens : je reçois une pension... grâce à cet horrible accident. Amère ironie, j'en vis ! C'est mon petit fixe, mon viager. Mes livres sont, tout au contraire, l'élément fantaisiste de mon budget, rien de régulier ni d'assuré. Alors que mes romans ne m'avaient apporté qu'une certaine renommée et un peu d'argent, au cours des premières années, *Les bonnes recettes de mes meilleures amies* m'a mise à la tête d'une modeste aisance. C'est une imposture car aucune de mes amies ne m'a donné de recette. Mon éditeur, qui se rendait bien compte que j'avais des moyens limités – on peut dire cela comme ça –, me répétait souvent : « Si vous voulez gagner de l'argent, c'est simple, préparez-moi un bon livre de cuisine. Vous êtes connue maintenant, je fais un peu de battage et vous en vendez comme vous le voulez. » C'est ce que j'ai fait à la fin.

J'ai dit « une modeste aisance » et c'est bien de cela qu'il s'agissait, quelques milliers que j'ai placés et à quoi j'ai ajouté les intérêts fidèlement. Cela grossit lentement mais j'essayais de croire, de cette façon, que je mourrais riche. Bel idéal pour l'écrivain !

J'ai rencontré Vincent à la fin de ces années-là, quatre ou cinq ans après ce que j'appelle toujours, pudiquement, l'accident de voiture, car il y a des mots devant quoi je me rebiffe. Il s'était intégré dans le groupe d'amis sans qu'on y attache d'importance. Nous n'étions pas des gens ennuyeux mais, parmi nous, il a fait tout de suite figure de ludion, de farceur. Sa mission, dans la vie, semblait être d'amuser. On ne lui connaissait pas d'attaches, cependant j'ai découvert qu'il avait eu des liaisonnettes avec un peu tout le monde. Notre groupe étant assez nombreux, il avait dû mener plusieurs histoires de front. J'ai compris, à la fin, pourquoi il n'invitait jamais ni au restaurant, ni au théâtre, ni au concert, bref là où l'on est vu. Si on l'y rencontrait, il était seul. Il ne faisait de politesses à personne sauf, chez lui, celle de ses prouesses avec, au choix, un café ou un porto, par après. Une bonne note : il était très discret et ne s'est jamais vanté d'aucune de ses affaires de cœur... de cœur, ce n'est pas prouvé, passons là-dessus.

Il y avait de tout dans notre groupe, des couples surtout, des célibataires aussi, une seule veuve, moi, qui étais fort éloignée de l'âge où on le devient dans le cours ordinaire de la vie. Vincent s'occupait un peu de moi, il passait me prendre, il me téléphonait souvent, il était amical et, parfois, presque tendre. Il me parlait de ma solitude comme d'une maladie, une sorte d'eczéma bien caché sous les vêtements mais qui n'en démange pas moins. Il me parlait de moi longuement, jamais de lui, et quand je l'interrogeais : « Et vous, Vincent, que faites-vous ces temps-ci ? » il répondait : « Rien, ce n'est pas intéressant. » Avait-il une vie sentimentale ? Je n'osais pas lui en parler et je n'avais encore rien deviné de ce qui s'est raconté plus tard. Je ne savais rien et tous ces mystères m'amenaient à me demander s'il n'avait pas des mœurs « différentes ». Même chose pour son âge. Il avait l'air d'un homme de trente ans les bons jours, un peu plus les autres jours, mais comment deviner quand il s'agit d'un individu mince, chevelure abondante châtain clair où se distinguent mal les fils blancs ? Comme de plus on ne lui connaissait aucune famille, on n'avait pas de point de repère et puis on s'en tapait, comme disait Maurice qui avait entendu Jean d'Ormesson employer à la télévision ce verbe point trop poli et considérait cela comme une référence suffisante. Vincent était arrivé parmi nous comme un passereau et il en était reparti de même mais, entre-temps, bien des choses étaient arrivées. Des choses, ah !

J'ai menti à Maurice avec beaucoup d'aplomb. Je ne voulais rien faire de ce qu'il souhaitait. Je lui avais dit que ma sœur me demandait avec de telles instances d'aller la voir que je n'avais pas pu refuser, de crainte qu'elle n'eût quelque difficulté grave, qu'elle avait droit à tout mon dévouement – avec une certaine force sur « tout » pour qu'il comprenne bien à qui je l'opposais. Quel conte !

Maurice avait semblé très mécontent. Il avait répondu qu'il souhaitait vivement – lui aussi mettait des intentions fortes – que ce soit une très courte absence, que Nicette vivait ses derniers moments et qu'il fallait que je sois présente à la cérémonie, il pensait aux funérailles, bien sûr, mais il hésitait à dire ce mot. Je lui avais promis de revenir aussitôt que possible...

autre simagrée. J'avais promis à Douce
que je passerais la semaine et j'avais bien
l'intention de m'y tenir. Bref, j'avais pris
l'avion du matin sans remords, conscience en paix. Je ne voulais pas être là.
Ces cérémonies m'inspirent une horreur,
un refus insurmontable qui se double, en
ce cas-ci, du sentiment que m'a laissé une
amitié si fraternelle, si poétique en ses
commencements et qui a tourné selon une
expression horrible en eau de boudin.

Douce n'était pas à l'aérogare. Elle
savait que j'aimais bien arriver et repartir
seule. Je me souviens toujours avec terreur des longues embrassades à l'aérogare
de Roissy, à celui de Nice, de Mexico et
même à celui de Dorval, qu'on parte ou
qu'on arrive, c'est toujours l'émotion, le
sentiment qu'on aurait pu ne jamais se
revoir ou celui qu'on ne se reverra peut-
être pas, on est comme entre deux portes,
celles du sort, quand on doit prendre chacun la sienne ou qu'on franchit la même
pour la dernière fois et que la dernière fois
c'est peut-être celle-ci justement. Je ne
suis pas pusillanime, je ne puis seulement

pas m'empêcher de penser que tous ces lieux de départ qui sont toujours pleins de gens ont été parfois pleins de gens qui ne sont jamais arrivés là où on les attendait le cœur battant. L'avion me laisse indifférente, l'aérogare me trouble.

Montréal, ce n'est pas si loin, pourtant je n'arrivais jamais à y aller comme j'aurais voulu. Nous nous aimons très tendrement et nous restions des semaines et des mois à nous contenter du téléphone ou du courrier. Douce a trois ans de plus que moi, un mari sans attraits qui lui a fait deux enfants beaux et charmants. L'hérédité va où elle veut et transmet à sa guise ici deux jolies oreilles, là deux mains fines.

Douce était seule presque tout le jour. Les enfants étaient à l'école et aux amis. Le mari n'aimait qu'une chose, être ailleurs, de sorte que nous étions l'une à l'autre, fraternellement. Elle me confiait beaucoup de choses, peut-être pas des secrets, mais du domaine de l'intimité. D'autre part, je lui en racontais fort peu. Je craignais qu'elle ne trouve sa vie quotidienne étroite, sans passions. Je ne lui parlais que rarement des courtes années passées avec Romain, du profond bonheur que nous avions vécu et dont le souvenir me console, ce que je n'oserais pas lui confier de façon trop explicite. Je savais bien que tel n'était pas son lot. En revanche, je lui parlais de mon travail, je lui racontais les histoires que j'étais en train d'écrire, les petits à-côtés de la vie littéraire qui nous empêchent de vivre tout en haut de la tour d'ivoire.

— Comme tu fais des choses passionnantes, me disait-elle souvent et je sentais un rien de regret passer dans sa voix.

Je ne lui avais pas dit que Nicette était sur le point de mourir et même pas qu'elle était malade. J'avais décidé de n'en parler que si cela devenait nécessaire. Cela n'a pas tardé, dès le lendemain, avec ce ton unique qu'elle a quand elle craint d'être indiscrète :

— Et Nicette ? et Maurice ? Tu n'en parles pas ?

— Tu sais, la vie passe, on change, on rencontre d'autres personnes.

— Mais enfin, la vie avait eu le temps de beaucoup faire ça. Nicette et toi, vous étiez amies depuis l'école primaire, vous étiez inséparables, vous vous adoriez...

— Moi, je l'adorais. Elle, je ne sais pas.

— Et puis, Maurice ne pouvait se passer de toi. Tu dis toujours que l'amitié est la grande affaire de ta vie. Il faut avouer qu'avec Nicette et Maurice cela semblait assez exceptionnel. Ne me dis pas que ce n'était qu'apparence ?

Je ne savais trop quoi répondre. J'ai eu envie de dire « Justement, peut-être ». J'ai préféré ne pas m'aventurer.

— Tu sais au moins ce qu'ils deviennent ?

J'avais dû me résoudre à tout révéler. Là, j'ai bien senti que Douce ne me suivait pas et qu'elle ne comprendrait jamais qu'une amitié fervente puisse se changer en indifférence et peut-être pis encore. Cela arrive tous les jours, pourtant. Le cœur constant n'est plus porté, semble-t-il.

— Tu devrais rentrer.

— Pourquoi, Douce ? Pour me réconcilier avec le souvenir de Nicette ? Ce serait à la fois difficile et stérile. De plus, je me demande si Maurice, en insistant autant, ne craint pas surtout le qu'en-dira-t-on, auquel cas j'aurais plutôt envie de rire que de pleurer.

Mais Douce tenait à son idée. Chaque fois que le téléphone sonnait elle me faisait un petit signe interrogateur avant de décrocher. Je faisais non, comme si on eût pu m'entendre, mais ce n'était jamais lui. La veille de mon départ, cela a bien fini par être lui.

— Nicette est toujours dans le même état. Il paraît que cela peut durer. J'ai pensé que je devais vous en avertir, au cas où vous voudriez retarder votre retour.

— Je rentre demain, comme je l'avais décidé. Au revoir.

Il a répondu « à demain », sur quoi j'ai raccroché. Douce me regardait, l'air intrigué. Le ton acerbe, les propos brefs, mon visage courroucé, de tout cela elle ne revenait pas.

— Que veux-tu, Douce, je n'ai plus guère d'amitié pour lui.

— Je me le demandais en t'écoutant.

— Cette réflexion a un sens caché ?

Petite lueur de moquerie dans l'œil de Douce.

– Il me semble que c'est un homme très bien.

– Tu ne l'as vu que deux ou trois fois.

– Deux fois exactement. Il m'avait parlé d'une maison ancienne qu'il voulait acquérir, avec une telle gourmandise que j'avais bien regretté de n'en pas habiter une.

– Si jamais tu viens passer quelque temps chez moi, je l'inviterai à dîner. Promis.

– Je t'en prie, ne fais pas cela.

– Mais dis-moi, Douce, qu'est-ce que tu racontes ?

– Tu sais que j'ai beaucoup de temps pour rêver et, parfois, mes rêves me mènent un peu trop loin. Mais je suis raisonnable.

Elle emploie des mots qui me crèvent le cœur. Raisonnable ! en voilà une vertu !

Nous avons reparlé de Nicette, du sentiment que j'avais eu pour elle et de la façon dont elle s'était débarrassée de cette amitié qui durait depuis si longtemps. Je ne parlais que pour moi, car j'en arrivais à admettre qu'elle ne m'avait pas rendu un sentiment égal, ni en sincérité ni en durée.

Parce que nous vivions Douce et moi éloignées l'une de l'autre, parce qu'on répugne toujours à reconnaître ses faillites, qu'on hésite à les raconter même à sa sœur la plus aimée, j'avais presque tout à dire.

— Depuis assez longtemps, nous ne nous voyions plus qu'au cocktail qu'ils donnaient toujours avant les vacances depuis qu'ils habitent leur grande maison. Tu sais, dans cette sorte de réunion, on ne se dit rien, deux mots en arrivant et dans le brouhaha, trois mots en partant, toujours des mensonges : « On se téléphone ? Ça me fera plaisir ! »

Douce avait écouté, tout son doux visage attristé. Elle savait bien ce que je ressentais, elle m'avait vue grandir en même temps que Nicette, elle m'avait vue lui écrire des lettres appliquées comme des devoirs de français, chaque année pendant les vacances. De fil en aiguille, nous avons fait le tour de toutes les vacances. Nous avons parlé des amis que Douce n'a pas tous connus.

Enfin, le propos, qui était comme suspendu et qu'elle retenait depuis un sacré moment, est arrivé à la surface. Elle est timide et pour dire quelque chose qui peut sembler si peu que ce soit une question indiscrète cela lui demande un effort qui répand une rougeur du bord de ses cheveux jusqu'au décolleté de sa robe. Cela ne va pas sans une incertitude dans la voix et une légère agitation des mains qui cherchent un peu sans rien trouver que sa jupe qu'elle tire en l'aplatissant à petits coups.

– N'as-tu jamais été amoureuse de Maurice ? Ou lui de toi ? Une aventure, je ne sais pas, moi, une fin de semaine d'escapade... Et puis on retombe dans l'amitié, comme si de rien n'était.

Peu à peu la rougeur s'est estompée en laissant une fine sueur à son front, ce front que j'adore car c'est celui de notre mère et Douce est la seule à l'avoir reçu. C'est un héritage que je lui envie.

– Comme j'aime ton front !

– Je sais, jalouse. Est-ce une façon de ne pas répondre ?

– Tu sais, Douce, je puis répondre à toutes tes questions. Je le dis souvent : « Si le mot vous fait peur, que serait-ce de la chose ? » Non, Maurice n'a jamais été, que je sache, amoureux de moi, je n'ai jamais été amoureuse de lui, juste un peu agacée qu'il n'ait jamais tenté une petite avance... que j'aurais amicalement refusée. Question de vanité, je suppose.

– Pourquoi, refusée ?

– Parce que l'amitié sort rarement intacte de ces... récréations et que j'y tenais, comme à celle de Nicette, qui m'a filé entre les doigts. J'y tenais, même si on n'était jamais du même avis, lui et moi.

Le lendemain, je partis le cœur serré. J'avais dit à Douce que nous devrions envisager un déménagement dans un sens ou dans l'autre. La vie passe et nous la dilapidons loin de ceux à qui nous sommes le plus étroitement liés. Étrange paradoxe ! Douce m'avait répondu que c'était quand même bien consolant quand nous nous retrouvions. Dans le taxi, j'avais versé quelques larmes. Je n'en suis pas avare, il est vrai.

En entrant chez moi, j'avais vu que Maurice avait déjà téléphoné sans tenir compte de ce qu'il connaissait l'heure de mon arrivée. Je rappellerais à mon heure. Mon sac de voyage abandonné au milieu de ma chambre, je m'installai devant la télévision. Avec un peu de chance, je m'endormirais et un peu plus de chance encore, je rêverais d'une de ces histoires folles qui me sont coutumières et me plongent dans un fou rire qui m'éveille. Mais le merveilleux réveil, de quoi ensoleiller toute une journée. Eh bien ! ce n'était pas le bon jour. À peine étais-je endormie que la sonnerie m'éveillait. Encore Maurice, comme de bien entendu. J'ai répondu d'une voix nettement grognonne. Nouvelle attendue.

Bon ! Il m'a dit tout d'un souffle que « c'était fini et que les funérailles auraient lieu le surlendemain. » On ne peut s'exprimer plus sèchement. Ni lui ni moi n'avions envie d'en dire plus. Je m'étais pourtant promis que je n'irais pas et c'était dans cette idée que j'étais partie. J'avais agi par foucades, en partant et en revenant. C'était là des pensées triviales, petits calculs, petits regrets, petites impuissances dont j'eus honte tout à coup. Nicette était morte. C'était énorme, ça. Mais est-ce qu'on peut faire quelque chose pour empêcher ces mauvais sentiments de surgir au plus secret de la pensée ?

Sous prétexte de travaux urgents, je n'étais pas allée au salon funéraire. Au reste, j'aurais cru que Nicette n'avait pas voulu passer par là. Il y a des moments où tout ce que je croyais savoir d'elle semble faux.

J'avais beaucoup travaillé pendant les deux jours qui avaient précédé la cérémonie et j'étais arrivée à l'église plutôt fatiguée. Un placier m'a demandé mon nom et m'a dit de le suivre, mais quand je me suis aperçue que nous avancions toujours, je me suis arrêtée. Il s'est retourné et m'a répété de le suivre.

– Où voulez-vous me placer ? Je ne suis pas de la famille.

– Je fais comme on me l'a dit, madame.

Première banquette en avant. Il m'a fallu une certaine docilité pour entrer là, là où Maurice est venu me rejoindre au moment où la cérémonie commençait. Nous nous tenions debout, l'un à côté de l'autre. Il s'est incliné un peu de mon côté :

– Merci. Sans vous, je serais seul à cette place.

– Mais vous avez beaucoup d'amis ici, j'en ai vu plusieurs en entrant.

– Ce ne sont pas des amis comme vous.

Comme moi ? Il me semblait avoir fait l'enjambée par-dessus ces dernières années. Je le regardais du coin de l'œil et j'en avais du malaise. Je trouvais ses propos saugrenus. De plus, il avait l'air détendu, en tout cas pas du tout celui que je m'attendais à lui voir. J'eus soudain l'impression qu'un climat de cruauté m'entourait... nous entourait, Nicette et moi.

Je me répète « pauvre Nicette » et c'est moi qui suis, tout à coup, la gorge serrée, les yeux brûlants. Dans ma mémoire passe son image quand nous avions huit ans, si belle, si blanche, si blonde et l'affection que nous partagions (en parts inégales peut-être, que m'importait en cette heure), qui se manifestait par des cadeaux de bonbons, de fruits confits que grand-maman rapportait de Grasse et que je donnais sans regret, puis plus tard, par des mouchoirs brodés, des livres de contes.

C'est moi qui lui ai offert *Le Petit Prince*
que nous lisions ensemble, près de la fenêtre, et *Robinson Crusoé* aussi. Pauvre
Nicette, pas même quarante ans et la voilà
couchée, toute froide, juste à côté de moi.
Ma peine m'étonnait et je sentais, peu à
peu, qu'il s'y mêlait celle de toutes ces
années passées, perdues pour l'amitié. Je
sais de trop, maintenant, que je comptais
sur cette amitié pour m'accompagner
toute la vie et, jusqu'à un certain moment,
je ne sais où le situer, les choses en pre-
naient bien le chemin, par exemple quand
nous nous trouvions éloignées l'une de
l'autre et que nous nous écrivions fidèlement avec le sentiment que nous nous
écririons toujours ainsi. Puis les réponses
se firent attendre et se firent, quand elles
arrivaient, de plus en plus courtes. Je savais, je sais toujours, où me mènent ces
souvenirs-là ! À ce jour de mon anniversaire ignoré pour la première fois, le doute
d'abord et la certitude ensuite. Et il ne fut
plus jamais question de nos anniversaires.

La cérémonie passait lentement,
j'avais tout le temps de me rappeler. Je

me trouvai bientôt dans une situation bizarre : une urgente envie de pleurer aux funérailles d'aujourd'hui pour la rupture d'autrefois. Rupture, oui, on peut dire cela, même si nous avons continué de nous voir une ou deux fois par année, juste pour le qu'en-dira-t-on, l'opinion des autres, ce qui est bien la chose la plus offensante qui puisse arriver à une amitié. J'avais senti cela dès le début de cet abandon et, pourtant, je n'ai presque jamais manqué d'assister à ces réunions, pour des raisons qui n'étaient pas toujours celles que je me donnais.

Je sentais que Maurice me regardait sans en avoir trop l'air, ce qui ajoutait à mon malaise. Que ces cérémonies sont longues et difficiles à supporter ! L'officiant, dans son homélie, a écorché le prénom, il a dit Ninette et Maurice m'a soufflé :

– J'ai pourtant pris la précaution d'épeler Nicette. Je lui ai même fait remarquer qu'elle était née à Nice.

Quelle importance, maintenant, qu'elle soit née à Nice ou à Vladivostok ? Voilà, c'est la fin, l'officiant asperge cette pauvre Nicette d'eau bénite. Difficile. Mais le pire restait à faire. À côté de Maurice, descendant l'allée, me voilà, le mouchoir sur la bouche, montrant à tous un visage inondé. Était-ce bien nécessaire tout cela ? Je sens la colère qui pointe.

J'ai profité de ce que Maurice était harponné par des sangsues pour sortir par le côté, sauter dans un taxi et me faire conduire à la porte de service à l'arrière de la maison. « Attendez-moi ici, » ai-je demandé au chauffeur. Deux minutes après, je redescendais avec ma valise point encore défaite, laissant le téléphone sonner, sonner.

– À la gare intermodale.

Cette fois-ci, j'ai pris l'autocar et je suis tombée chez Douce comme une fleur. Douce ravie et bras ouverts.

Je peste souvent contre le téléphone et j'aime à citer cet académicien qui vivait vers 1900 et disait à ses confrères : « Vous avez le téléphone ? Alors, on vous sonne et vous répondez ? » Pour l'heure, je profitais de ses avantages. Je n'avais eu qu'à faire quelques appels pour que mon courrier me suive, pour que ma voisine arrose mes plantes et qu'elle allume l'électricité dans l'entrée afin de donner l'air habité à mon appartement. De plus, elle m'a juré qu'elle ne dirait à âme qui vive, « la tête sur le billot », que j'étais à Montréal. Sa pauvre vieille tête ! Je n'en demandais pas tant.

Les enfants étaient à la colonie, le mari je n'ai pas demandé où. Je m'étais installée dans la tranquillité, la paix, comme pour toujours. Nous allions parfois déjeuner au restaurant, Douce avait retracé de mes anciens amis que nous invitions à nos petits dîners. Le matin, je m'occupais de mon courrier, mon éditeur se demandait où j'étais passée et quand mon livre serait terminé. Je me le demandais aussi. Je ne suis pas de ces écrivains qui font tant de lignes par jour, tant de pages par livre et qui peuvent dire : « Vous aurez mon manuscrit dans treize semaines. » J'y travaillais cependant tous les jours malgré toutes mes autres occupations et les choses allaient bien.

À travers cette tranquillité heureuse, ma mémoire restait préoccupée par la mort de Nicette et il me semble que j'y pensais d'autant plus que je n'en parlais presque pas. Dans le courrier qu'on me faisait suivre il y avait des lettres de Maurice. Il me parlait de lui, de moi aussi, de Nicette jamais. Pensait-il me plaire de cette façon ? Pauvre Nicette, me disais-je, sa vie n'aura donc pas laissé aussi peu que la trace du vent du soir sur l'eau qui dormait et qui se rendort aussitôt. Puis je pensais qu'il en serait de même pour moi et que ce n'était pas mes livres qui sauveraient ma mémoire. Dans un an, dans cinq ans, je ne penserais peut-être plus du tout à Nicette, qui sait ? J'ai peine à penser que j'ai cru cela, que je pensais cela chaque fois que je lisais une lettre de Maurice. Qui m'aurait dit que Nicette morte nous étonnerait bien plus que de son vivant ?

Je me dis que, peut-être, mes lettres ne vous parviennent pas et que vous n'avez pas pris la peine de faire suivre votre courrier. Il me semble impossible que vous refusiez de me répondre même par un court billet. J'ai lu cela à Douce qui était toujours plus intéressée par les lettres de Maurice qu'elle voulait le laisser voir.

– Tu devrais lui répondre, même par politesse.

Chère Douce, elle tient à la politesse, à l'harmonie, elle voudrait que tout le monde s'aime, elle soupire en grand secret pour un homme qu'elle n'a vu que deux fois, elle voudrait qu'il vienne me chercher monté sur un noir destrier, afin de l'apercevoir de loin, la sœurette en croupe qui fait des signes avec son écharpe de soie blanche. Elle voudrait mon bonheur, peut-être pour en attraper quelques miettes. Elle est raisonnable à sa façon. Elle est romanesque comme quelqu'un qui n'a pas sa part de roman.

— Si je réponds et que ma lettre vient de Montréal, il sera ici le lendemain. Si je téléphone, il verra ton numéro sur son afficheur et ce sera pareil.

— Mais non. Tu fais 67 avant de composer son numéro et l'afficheur reste discret.

— Si on fait le 67, tout afficheur reste sans affichage ? Comme j'admire le monde où nous vivons ! Avec chaque invention destinée à nous faire une vie meilleure, il faut vite trouver un antidote — c'est bien le mot qui convient — pour nous protéger contre cette invention trop malfaisante.

J'ai donc composé comme il le fallait pour ne pas m'attirer de visites importunes. J'avais quand même le cœur un peu animé. Je craignais de révéler si peu que

La brigande

ce soit où je me trouvais. Je commençais à être, devrais-je dire, obsédée par cette insistance. Ses premiers mots ont été pour me demander où j'étais.

– Sur la route, une cabine de téléphone sur la route.

– Quelle route ?

– Une route comme toutes les routes. Qu'avez-vous à me dire, Maurice ?

Je voyais Douce qui me faisait des signes d'apaisement. Le reste de la conversation n'a pas été beaucoup plus facile. Il finit par me dire que Nicette avait laissé tout un lot de papiers qu'il tenait à me montrer, que c'était de cela qu'il voulait me parler. Mais pourquoi ?

– C'est qu'il s'y trouve des choses très curieuses.

Ah ! s'il s'agit de choses curieuses, c'est une autre paire de manches. J'aimerais qu'on m'en raconte tous les jours des vraies, des fausses, des mystérieuses, des incroyables. Je me dis, à part moi, que les papiers de Nicette, cela ne peut être que suspect. Tiens ! il semble que j'aie retrouvé une partie de ma sévérité, de ma méfiance. Ce n'était qu'une fausse impression peut-être. Je savais de trop qu'en état de déception sentimentale, qu'il s'agisse d'amitié, d'amour ou de n'importe quel attachement, les raisons de cesser d'aimer sont ce qu'il y a de plus douloureux. C'est à moi que cette pensée s'attribuait, Nicette n'a jamais eu l'ombre d'un motif de cesser d'aimer. Et ce pauvre homme qui, au bout de la ligne, dit des choses que je n'écoute pas, comment l'a-t-elle traité ?

— Eh bien ! oui, je serai bientôt de retour. Je vous ferai signe dès que je serai chez moi.

— Demain ?

— Dans quelques jours.

J'ai encore tué le temps, comme j'aime à dire quand je suis un peu obsédée de ce que c'est lui qui me tue, puis je suis rentrée sans tenir ma promesse de faire signe à Maurice dès mon arrivée.

Nous sommes tombés pile, face à face en sortant, moi de chez mon éditeur que j'étais allée rassurer sur le sort de la chose en train, lui du bureau de « mon notaire qui loge par là » au bout d'un geste vague qui m'a semblé n'avoir rien de commun avec la vérité.

– Ah ! Cora que voilà ! vous êtes donc rentrée, méchante ?

– Mais oui, pour affaires. J'étais en passe de ne pas remplir mes promesses.

– Vous n'avez donc pas écrit, ces derniers temps ? Je m'étais imaginé que vous étiez dans quelque thébaïde où vous vous adonniez à l'écriture huit heures par jour.

– Cher Maurice, rien ni personne ne me ferait écrire huit heures par jour.

C'était répondre par la bande. Comme je n'ajoutais rien, il s'est mis à expliquer sa présence si près de la maison d'édition qui publie mes petits textes et mon livre de recettes.

— Ces jours-ci, je vais souvent voir le notaire. Bien des choses à régler après cet événement.

Gros soupirs. L'air soucieux de quelqu'un qui n'est pas décidé à tout avouer. Il se mit plutôt à parler d'autre chose.

— Il y a toujours ces papiers dont je vous ai parlé. Il est indispensable que je vous les apporte. Il y a toutes vos lettres depuis que vous vous connaissiez, Nicette et vous, jusqu'aux dernières, qui ne sont pas récentes, n'est-ce pas ?

Je peinais à garder l'air indifférent, à peine une ombre de tristesse comme le font les gens polis en ces sortes de circonstances, mais au fond de moi, ce n'était pas ça. Je me revoyais à huit ans, dix ans, douze ans – comme l'amitié est chaude à ces âges-là – lisant les lettres de Nicette avec ferveur et y répondant avec la même émotion. C'est à celles-là que je pensais. Elle avait tout gardé ! Et lui, il avait tout lu ?

– Mais, Cora, Nicette m'a laissé tous ses papiers. Elle ne m'a jamais demandé de les jeter.

– Quand on est très malade, on peut fort bien ne pas penser à cela.

– Ce n'est pas le cas. Elle m'a dit qu'elle me laissait tous ses papiers et que j'en ferais ce que je voulais. Pour tout vous dire, j'avais aussi très envie de lire vos lettres de petite fille. Je voulais y chercher l'écrivain à venir. Vous ne me demandez pas si je l'y ai trouvée ?

Eh non ! je ne le lui demandais pas. Je ne demandais rien, je pensais à cette amitié dont nous nous disions qu'elle devait durer aussi longtemps que nous et qui n'a pas résisté à la méchanceté, à la jalousie. J'entendais Maurice qui parlait toujours des lettres, mais je n'attrapais qu'un mot de temps en temps. Je n'écoutais pas, mais je sentis soudain un point d'interrogation au bout d'une phrase.

– Maurice, savez-vous pourquoi Nicette a mis un terme à notre amitié ?

– Pourquoi ne répondez-vous pas à ma question, Cora ?

– Maurice, quelqu'un qui brise, sans raison et sans explication, une amitié de plus de vingt ans, ce n'est pas quelqu'un de bien. Comment puis-je m'expliquer ce qui est arrivé, comment se fait-il que j'ai aimé Nicette pendant autant d'années sans m'apercevoir qu'elle était quelqu'un qui ne mérite pas d'être aimé ? Si je ne réponds pas à votre question c'est que je ne l'ai même pas entendue. Il n'y a que la mienne qui importe.

– Vous avez raison. Nicette n'était pas quelqu'un de très sincère ni de très estimable, ni de très stable non plus. Mais, Cora, vous sembliez si indifférente, je pensais que vous aviez compris cela depuis un bon moment.

– Il me semblait que je l'étais aussi. Puis Nicette est morte en emportant avec elle toutes les réponses. J'aime bien les mystères, mais celui-là est trop gros.

– Peut-être trouverez-vous une réponse dans les papiers qu'elle m'a laissés. Je vous avoue que je les ai lus sans trop chercher d'explication à quoi que ce soit. Il y a longtemps que je ne cherche plus.

Tout en parlant, nous étions arrivés près de sa voiture et j'y suis montée, comme si je ne savais pas trop ce qui se passait, sans me demander où pouvait bien loger ce notaire et pourquoi Maurice se trouvait justement si près de ma maison d'édition et si loin de sa voiture. Il n'a pas cherché à m'expliquer. Il voulait faire une promenade sur le bord de l'eau, le soleil était presque couchant, c'était une glorieuse fin de journée comme il y en a souvent après six ou sept heures de temps gris. La pluie avait lavé les arbres toute la nuit. Maurice a stoppé la voiture sur une petite avancée.

– Cora, je voudrais que vous compreniez que j'ai pour vous une immense amitié et que j'ai beaucoup regretté de vous voir si peu ces dernières années.

La colère m'a saisie.

– Ça ne vous dirait pas plutôt d'être amoureux de moi tout bêtement ? En ce moment, l'amitié, je ne suis pas preneur. J'en ai par-dessus la tête de l'amitié, elle me sort par les yeux, j'en ai ma claque. Je m'en tape de l'amitié, même si elle est immense. Compris ?

Si j'avais obéi à ce qui montait en moi, j'aurais pleuré volontiers, mais une femme seule dans une voiture avec un homme « qui lui veut du bien » sait qu'elle ne peut pas pleurer si elle ne veut pas de ce qui s'ensuivrait, les gestes consolateurs, etc., oui, oui, air connu.

— Je suis fatiguée, je veux rentrer, Maurice.

— Je vous ramène. Je pense souvent ces jours-ci au temps de notre jeunesse avant que vous ne me présentiez à Nicette. Il me semble que nous nous entendions bien vous et moi, mais y a-t-il eu un « vous et moi », ou si je me trompe ?

— Je ne sais pas. J'ignore quels étaient vos sentiments pour moi avant que je vous présente à Nicette. Nous allions ensemble à de grandes fêtes de copains où on arrive avec l'un et repart avec l'autre, assourdis jusqu'au malaise par la musique. Ce qu'au fond je détestais.

— Moi de même et pourtant nous n'en manquions pas une. J'avais toujours le désir de vous voir.

– Vous êtes gentil. Me voilà arrivée chez moi. Merci.

J'ai ouvert la portière prestement. J'ai entendu qu'il disait : « Mais attendez un peu. » Non.

Avais-je le vrai désir de lire les lettres écrites à Nicette trente ans plus tôt ? Si je le faisais, je ne pourrais guère me refuser de lire les siennes qui jaunissaient dans l'armoire. Je tournais autour, ma mémoire aiguillonnée par beaucoup de petits souvenirs anciens. Un jour, j'avais voulu faire lire une des lettres de Nicette à maman, ce qu'elle avait refusé : « Non, c'est à toi seule qu'elle a écrit. » Elle m'avait parlé longuement de la discrétion et de ce que l'on doit à ceux qui se confient à vous : le secret. J'avais bien entendu, aussi y a-t-il beaucoup de choses qui m'ont été révélées et que je n'ai répétées à personne. J'ai commencé à m'interroger. Qu'est-ce que nous nous préparons à faire, Maurice et moi ? Cependant, de toute façon, il avait lu mes lettres, c'est ce qu'il m'avait dit. Il ne m'avait pas demandé de lire celles de Nicette et je n'avais pas révélé leur existence. Il avait parlé de choses très curieuses et c'était bien cela qui m'avait piquée. Quoi qu'il en soit, je restais dans la confusion des sentiments la plus attristante.

Dans l'hésitation aussi. J'ai passé plusieurs jours à lanterner, à décider de téléphoner à Maurice et à ne pas le faire. Je suis une femme de décision pourtant, mais depuis toutes ces histoires autour de la maladie et de la mort de Nicette, j'étais devenue méfiante. J'ai fini par lui demander de venir un matin. Il aurait préféré la soirée en prenant un verre. Ce sera un petit café, c'est tout !

Deux cartons bien pleins. J'avais tout de suite vu sur l'un deux : « Cora » puis, en dessous, deux dates.

– Et dans l'autre ?

– C'est la suite, dix ans dans l'un, dix ans dans l'autre. Nicette n'avait pas écrit votre nom sur celui-ci. Vous remarquerez qu'il est plus neuf. Je me suis demandé s'il n'avait pas été refait. C'est aussi celui qui contient le moins de lettres. Vous étiez plus assidue au commencement.

– Et les choses si curieuses que vous m'aviez annoncées, ce ne sont pas dans nos lettres de fillettes que vous les avez trouvées ?

– Je n'ai pas pu tout apporter aujour-d'hui. Au reste, je voudrais que vous voyiez les premières lettres auparavant.

– Bon. Je fais le café.

Pendant ce temps, Maurice défit les ficelles et sortit quelques liasses attachées suivant les années. Chaque lettre était dans son enveloppe et presque toutes étaient de couleur tendre, rose thé, bleu pâle, jaune, avec parfois un petit décor enfantin tout autour qui sera répété sur les feuilles. Je suis restée un long moment démontée par tout ce qui me revenait à la mémoire, ce papier cadeau de ma mar-raine et celui-là que maman m'avait of-fert spécialement pour écrire à Nicette. Pendant quelque temps, toute la famille, émerveillée d'apprendre que j'entretenais une vraie correspondance, se fit une joie de m'en offrir de toutes sortes, de toutes origines, si bien que j'avais du mérite à ne pas m'exclamer : « Encore du papier à lettres ! » J'avais été dûment sermonnée par maman : « Il faut toujours montrer un plaisir égal et surtout ne pas dire : j'en ai déjà. »

– Cora ! Vous rêvez, Cora ! vous êtes rendue bien loin.

À tant faire que de revenir de loin, j'ai ouvert la première enveloppe, celle que j'adressai à Nicette pour ses huit ans. Le ton en est un peu gnangnan, comme de bien entendu. J'y raconte, après mes vœux d'anniversaire, les toutes petites choses de mes vacances et je termine, j'en ai le souffle coupé, par lui souhaiter bonheur et longue vie.

– Longue vie... pauvre Nicette.

– Bonheur...

– Vous pensez qu'elle n'a pas été du tout heureuse ?

– Je ne crois pas, pas de la façon que je l'entendais en tout cas, et je me demande si elle voulait l'être. Vous voulez lire la deuxième lettre ?

– Non. Je les lirai seule, cela me gêne de les lire avec vous.

– Mais je les connais toutes maintenant. Ce que je ne sais pas, c'est si vous avez conservé les lettres de Nicette. C'est cela qui serait intéressant.

– Quelques-unes peut-être, vous savez il y a tellement de paperasse ici. Mais vous m'avez parlé de choses curieuses.

– Vous verrez. Il y a des choses qui ne sont pas de vous, c'est cela qui est curieux.

Je le remercie pour la peine qu'il a prise. Il dit quelques mots qui semblaient signifier qu'il n'était pas persuadé que je ne savais rien de plus sur les lettres de Nicette, puis il se leva.

– Je vous apporterai le reste quand vous aurez tout lu.

– Je vous téléphonerai.

Pendant qu'il progressait vers la sortie, un peu lentement, en disant quelques petites phrases amicales et même tendres, je me tenais intérieurement des propos irrévérencieux qui m'ont rendu le sourire.

– Ah ! vous souriez, cela me fait plaisir.

Tiens donc ! Mais de rien, mon bon monsieur. J'ai refermé la porte sans douceur. Sur la moquette, deux cartons encombrants. Je les poussai derrière le fauteuil... jusqu'à ce qu'il les reprenne. Cette idée m'a arrêtée : il a parlé d'apporter le reste, mais il n'a pas dit qu'il reprendrait ceci. En fin de compte, c'est moi qui ai écrit ces lettres, on pouvait dire qu'elles sont à moi, qu'elles me reviennent, je pourrais en faire ce que je veux. Si j'avais une cheminée, par exemple, et cette idée m'enchantait. J'imaginais le dialogue au téléphone : « Où en êtes-vous dans la lecture de vos lettres ? – Mais nulle part, cher ami, je les ai brûlées. – Comment ça ? – Dans la cheminée. Vous n'avez pas remarqué qu'il y a une cheminée dans le salon ? » Au moment de la décrire, je me suis arrêtée. Ce jeu qui m'amuse beaucoup, parfois, la conversation imaginaire et son ton insolent qui réduit à rien l'interlocuteur, ce jeu ne me disait pas trop ce jour-là.

À la réflexion, il semblait que Nicette s'était arrangée pour être là encore longtemps. Qui sait si, en ouvrant un de ces cartons, je ne verrais pas, un jour, s'élever une légère fumée qui se matérialiserait en un petit fantôme coléreux. J'avais bien fait de convoquer Maurice en matinée, en soirée c'était l'insomnie garantie. Combien de vieilles rancunes recuites sont nées dans l'insomnie ?

Après le repas, j'ai mis ses deux rallonges à la table, j'ai tiré les lettres de Nicette de l'armoire – je l'avais bien prévu – et j'ai commencé à les apparier. Pendant ces premières années, nous nous répondions assez fidèlement pour que je puisse en prendre une dans une boîte et une dans l'autre sans presque vérifier. J'en avais fait de petits paquets que je nouerais, un par année. En un peu plus de trois heures, j'avais « traité » toutes les lettres du premier carton ainsi que les réponses que Nicette leur avait faites. Elles étaient toutes dans leur enveloppe avec, non seulement le cachet postal, mais aussi la date écrite sur l'envers. Deux petites filles minutieuses qui attachent de l'importance à ce qu'elles écrivent et veulent le suivre jusqu'à sa destination !

La table se trouva couverte de petits paquets. Avant de les attacher j'ouvris quelques lettres pigées ici et là et choisies, pour m'amuser, pour la joliesse du papier. Deux petites filles racontées, bien plus qu'on pouvait s'y attendre, et même révélées au long de ces multiples papiers ornés de fleurs, d'oursons ou de chatons, certains lignés de couleur différente sur une même feuille, avec de petites choses imprimées au bout des lignes et accrochées là sans rime ni raison. Sûrement qu'il ne se fait plus de ces papiers à lettre pour les enfants. Y a-t-il encore des enfants à qui vient le désir d'écrire à une amie dont on est séparé pendant les vacances ou même si on ne l'est pas, parce que c'est son anniversaire ? Il n'y a pas de statistiques sur les choses du cœur.

Ces choses-là, celles du cœur, me semblaient tenir beaucoup plus de place dans mes lettres que dans celles de Nicette. J'en ouvrais de plus en plus. Les miennes étaient plus tendres, plus longues aussi, elles se terminent par « Ta Cora qui t'aime » pour toutes celles d'avant mes onze ans ; pour les autres, les formules de politesse apprises les commencent et finissent la plupart du temps : « Amicalement » ou « Sincèrement ». Nicette se contentait d'un bref « À bientôt » depuis le début. J'ai eu le vague sentiment d'avoir été la moins aimée dès nos huit ans, d'autant que je retrouvais, mais oubliés depuis lors, des soupirs déçus pour un projet abandonné, une excursion contremandée à cause de quelque chose de plus tentant. « Je te pardonne parce que je t'aime bien. » Je lisais cela le cœur serré, ma foi, comme si je ne savais pas, ma mémoire s'échauffant, que je retrouverais ce serrement-là bien souvent si je continuais ma lecture : les goûters où elle n'était pas venue, mes robes neuves qu'elle semblait ne pas voir alors que j'étais si généreuse d'admiration quand elle « étrennait » un vêtement, petites mesquineries, petites piques de vanité, je n'avais pas à gratter à vif pour en retrouver plus que je n'aurais voulu.

C'est cela même qui me déconcertait. Je ne me souvenais pas, et je savais que je n'en trouverais pas trace, d'une dispute, d'un reproche bien défini. Non, des oublis, des peccadilles d'un côté et la volonté de n'avoir pas été offensée de l'autre, par fierté ou par désir précoce de me blinder et qui ne serait peut-être resté qu'un vœu, je me le demande.

De toute façon, je n'en aurai pas lu davantage ce jour-là. J'ai été moins attirée par les moins anciennes de ses lettres comme des miennes. Ce sera pour un autre jour et quant au second carton, je n'ai voulu que l'entrouvrir pour jeter un œil. Un œil capté d'un coup par une liasse bleue, une liasse de feuilles bleues sans les enveloppes. Ah ! je reconnaissais ce bleu-là, je connaissais ! Que faisaient ces lettres entre les miennes ?

Je vivais seule, je n'avais à ménager les sentiments de quiconque, je veux dire sur le plan sentimental, et il n'y a pas de tiroir secret ici. Je me sentais une intense rougeur au visage et, en tirant le tiroir du classeur, mes mains étaient si agitées que j'en étais gênée pour moi-même. J'ai appris comment respirer pour calmer ces ébranlements nerveux qui ne me sont heureusement pas coutumiers. À la lettre V j'ai trouvé une liasse bleue aussi, mais sous enveloppes.

V, c'était Vincent. Oui, il était arrivé
bien des choses, avant et après le départ
de Vincent. Un flash et j'ai revécu tout
cela. Ce fut peu de temps avant son départ, trois ou quatre mois peut-être, que
ses propos devinrent plus tendres. Il insistait beaucoup sur la ferveur de notre
amitié, à quoi je n'avais pas été sensible
jusque-là. Il pensait à moi, il ne manquait
pas une occasion de me le dire, il les
créait. Si je téléphonais, il disait : « Je
pensais justement à vous. » Si bien qu'un
jour, en riant, je lui ai dit : « Mais Vincent,
si je vous en crois, vous pensez à moi
sans cesse ? » Ah ! c'était tout à fait cela,
je ne pouvais pas tomber plus juste ! Il
pensait à moi, mais je le traitais comme
un enfant. Bref ! je le rendais très malheu-
reux !

– C'est toujours par téléphone que je puis vous parler. Jamais je ne vais chez vous, vous me tenez à distance.

Sacré Vincent, il avait du pot (ce n'est pas un mot que j'emploie, mais lui le disait), enfin la chance lui souriait. Je travaillais à ce moment-là et depuis assez longtemps à un roman difficile à mener et il y avait des fins de journée où je croyais ressentir dans ma tête fatiguée quelque chose qui rappelait la crampe aux mains des écrivains. La preuve...

– Eh bien ! venez ce soir, je vous attendrai à neuf heures.

Ce fut le début d'une petite histoire comme il peut en arriver à une femme seule, point trop laide, qui s'ennuie un peu la journée de travail terminée – rien n'est plus ennuyeux que la fatigue – et qui n'a rien contre les délices que peut dispenser un homme attentif qui se présente comme un amant entendu à tout.

Pour mon plaisir, je succomberais volontiers à l'attrait du récit détaillé de cette première soirée avec Vincent – mais pour que le plaisir soit parfait, il faudrait que le souvenir soit intact. Je dirais qu'elle fut concluante sans être conclue. Je m'entends. Bref, il fut charmant et c'est muni de promesses précises qu'il me quitta assez tôt, ma foi, après s'être enquis de mes heures de travail. « Ni le samedi ni le dimanche. »

– Chère Cora, samedi, c'est après-demain. C'est merveilleux.

Ce ne fut pas si mal, au reste. Je l'avais prié pour le début de l'après-midi. À trois heures, il était là et je pus me rendre compte, d'emblée, qu'il n'avait pas oublié mes promesses.

Je n'étais pas amoureuse de Vincent, j'avais pour lui une vive amitié et vive est bien le terme qui la décrivait, c'est-à-dire quelque chose d'impulsif, d'amusé. L'amitié a toujours été la grande affaire de ma vie et le grand amour, le seul à vrai dire que j'ai connu, fut pour une bonne part mêlé d'amitié. Celle que je portais à Vincent n'était pas mêlée d'amour, mais je suis d'une nature fervente, j'aime serrer mes bras autour de l'autre, me blottir aussi, d'autant que mon amitié va pour ainsi dire toujours vers un homme, et pour l'embrassement, c'est mieux.

Tant pour samedi. Le dimanche soir, nous étions tous les deux invités, comme il arrivait souvent, chez des amis communs. « Je vais demander à Vincent de passer vous prendre », m'avait dit mon hôtesse, ce que je rapportai à Vincent, en riant un peu de la situation.

– Elle l'a fait. C'est très bien ainsi. À ce moment-là, il n'y avait rien à savoir et dimanche, croyez-moi, il n'y aura rien à voir. Nos affaires ne regardent personne.

C'est ainsi que nous avons conservé le « vous » amical, par discrétion. C'est ainsi, également, que je me suis douté qu'il avait eu ce que j'ai appelé des liaisonnettes avec plusieurs jeunes femmes de notre groupe : de toute la soirée, il n'a pas eu un mot, un regard qui aurait pu laisser la vérité pointer. J'en ai conclu qu'il en avait l'habitude.

Bref, ce caprice a duré son temps, pas longtemps. On a offert à Vincent une situation meilleure dans une autre ville. Je ne crois pas qu'il ait hésité. Nous nous

sommes fait des adieux privés tout entiers
sous le signe de l'amitié. Je n'ai pu aller
à l'aérogare avec ses autres amis, je n'ai
donc pas su s'il avait en réserve un mot
tendre à me chuchoter dans les dernières
embrassades.

J'avais retrouvé mon entière liberté
– je n'en avais sacrifié que fort peu mais
quand même – et je travaillais avec une
attention renouvelée. J'aimais bien vivre
seule, je m'y étais accoutumée et le roman que j'écrivais m'importait un peu
plus que d'habitude, si c'est possible. J'y
tenais un propos qui me tentait depuis
longtemps et j'avais enfin trouvé la manière de le faire. Je mettais donc beaucoup
d'ardeur à terminer ce roman en temps
utile, et pour mon éditeur et pour moi.

Je ne remarquais pas, tant j'étais prise
par le travail, que Vincent manquait à sa
promesse d'écrire dès son installation.
Bien des semaines passèrent avant que je
ne reçoive une enveloppe – bleue – qui
contenait, de toute évidence, plusieurs
feuillets. Méfiante, je tournais et retour-
nais l'objet et son épaisseur ne me disait

rien qui vaille. Je le déposai sur le coin de ma table et continuai à écrire tout l'après-midi. Je voyais les dernières pages se profiler à l'horizon et je ne pouvais guère penser à autre chose. C'est la faim qui me fit ranger mes papiers. L'enveloppe bleue était toujours sur son coin de bureau, mais la télévision donnait les informations et je mangeai en les regardant. J'avais commencé par la méfiance ; maintenant je tenais une sorte de pari. Bref, je n'ouvris l'enveloppe qu'après huit heures.

J'aurais mieux fait de la jeter sans même la décacheter. L'horreur ! Vincent prétendait avoir découvert qu'il ne pouvait vivre sans moi. Il m'expliquait cela longuement et me suppliait d'aller le rejoindre, il m'en donnait mille raisons à part celle de cet amour inattendu qui lui était venu comme une fièvre chaude, me vantant l'appartement où il vivait, le parc sur quoi donnaient ses fenêtres, les charmes de la campagne environnante et quoi encore ! Je me demandais toujours sur quel ton lui répondre quand je reçus

une deuxième lettre et peut-être une troisième, je ne savais plus bien, j'avais gardé
le souvenir d'une profusion de lettres, je
les avais là, je pouvais les compter, mais
je répugnais à retrouver les mots de ce
piège.

Quand je répondis ce fut pour dire en
des termes précautionneux que cela
n'était pas tout de suite possible, que
j'avais à faire ici, que j'irais peut-être faire
un petit tour plus tard. Lui qui m'invitait,
semblait-il, à partager sa vie, se jeta sur
cette idée de courte visite et ce ne fut
qu'après que je compris. Il croyait qu'une
fois là, je serais facilement convaincue
d'y rester. Comme je tardais encore, les
lettres devinrent de plus en plus déses-
pérées et de plus en plus belles. Quel
style ! Étonnant ! Quel ton ! J'en étais à
me demander s'il ne recopiait pas tout
cela dans quelque recueil des plus belles
lettres d'amour.

On se laisse trop facilement attendrir
par des épîtres aussi fiévreuses. Pour la
plupart des gens, c'est si embêtant de faire
une lettre que, lorsqu'on en reçoit une

tous les jours, longue de trois ou quatre feuillets – bleus, toujours – remplis de propos délirants et pour ainsi dire impératifs, on en arrive à croire qu'il y a là un fond de vérité, que personne n'écrit de ces sortes de choses pour s'amuser, car la peine risquerait d'en emporter le profit. Bref !

Je remplis un sac de voyage de bonne contenance, celui que je prenais pour des séjours d'une quinzaine, j'y mis mon manuscrit dans la pochette du couvercle, je payai mon loyer d'avance, je demandai au concierge d'arroser mes plantes et, toutes choses étant en ordre, pris le train pour la petite ville où vivait Vincent.

Sur le quai de la gare, il m'attendait, debout en retrait des autres personnes qui patientaient, c'était bien le mot. Il avait l'air un peu statue du Commandeur, en tout cas pas l'air heureux du tout.

– Il y a une demi-heure que j'attends !

– Moi aussi, Vincent, j'attendais que le train arrive, mais de l'intérieur. Ils sont toujours en retard ici, vous le savez. Ce n'est pas moi qui lui ai demandé de prendre tout son temps, je vous le jure.

Il n'a pas ri. Moi, si.

Par quel bout prendre l'histoire de la semaine que j'ai vécue ? Dans la voiture, car il s'était acheté une assez jolie chose, silencieuse, qui roulait « velouté » et pour quoi j'eus beau le féliciter, rien, pas de réaction. Un peu énervée je finis par dire :

– Au lieu de me laisser prendre le train, tu aurais pu venir me chercher. C'est faisable et tu n'aurais pas fait le pied de grue à la gare.

– Je n'aime pas conduire.

– Pourquoi avoir acheté ça ?

– Tout le monde a une voiture ici.

Évidemment, petite ville, gros snobisme. Je ne lui fis pas connaître cette déduction, les choses n'ayant justement pas besoin d'être poussées. Tout en feignant d'être intéressée par ces lieux nouveaux pour moi, je le regardais du coin de l'œil : mauvais teint, bouche crispée, l'air fondu, comme on dit à Marseille. Je sentais une petite interrogation qui commençait à pointer et à me tarauder l'esprit.

Il est vrai que l'appartement était charmant et la vue sur le parc... agreste. On ne peut mieux dire : on l'aurait cru planté depuis longtemps, pas de pelouses, entre les arbres des herbes et même du foin. Revêche un peu.

Après ces contemplations accompagnées de remarques bienveillantes : « très joli, reposant, belle disposition », je me suis assise.

— Vincent, j'aimerais connaître la raison de cette humeur désobligeante. Après tes lettres, le ton de tes lettres, je pensais te trouver, disons, dans d'autres dispositions. Ne me dis pas que c'est le retard du train, ce serait trop décevant.

Eh bien ! oui, c'était un peu cela, un peu la fatigue, un peu l'impatience que le temps que j'avais mis à accepter de le rejoindre lui avait laissée. Bref, nous avons fini par retrouver le sourire, mais la petite interrogation s'installait un peu plus parmi « les idées de derrière la tête ». J'avais faim, je le lui dis, et il me proposa d'aller faire quelques courses, parce qu'il ne connaissait pas de bon restaurant en ville.

— Tu n'aimes pas beaucoup cette ville, Vincent.

– Oh ! tu sais, les petites villes...

Nous sommes allés acheter quelques denrées, une ou deux bouteilles et nous avons partagé, il me semble, les premiers instants d'intimité à travailler ensemble dans la cuisine.

C'est peut-être le moment de dire que la nuit venue, je ne reconnus pas le charmant compagnon attentif et généreux qu'il avait été pendant les quelques semaines qu'avait duré notre amourette. Il avait, en déménageant, trouvé le moyen d'inventer l'amour boudeur !

J'avais cru bien faire d'arriver le samedi pour passer toute la journée du lendemain ensemble avant qu'il ne retourne au travail. Mauvaise idée. Ce fut un dimanche morne. Toutes les propositions que je fis furent mal reçues.

– Pourquoi n'irions-nous pas déjeuner dans une auberge des environs ?

– Quels environs ? Nous ne sommes pas en France, ici, ma chère. Ici, c'est le bled.

– Le bled ! Alors, c'est l'Afrique. (Regards outragés.) Eh bien ! restons dans ce charmant appartement dont vous m'avez si fort vanté tous les attraits dans vos lettres d'amour. Cependant, pour qu'il reste charmant, il y faudrait un peu de bonne humeur. Vincent, je ne vous comprends en rien.

Il s'est excusé, il m'a prise dans ses bras en balbutiant de mauvaises raisons et, le reste de la journée, il s'est efforcé d'être aimable.

Après son départ, le lundi matin, j'ai pris un long moment de réflexion. Peser le pour – presque rien – le contre – presque tout. J'ai récapitulé tous ses propos et j'ai conclu que Vincent avait des nerfs fragiles, trop fragiles pour supporter le changement de vie qu'il avait subi, que son travail l'effrayait par les difficultés qu'il fallait régler tous les jours, que ses compagnons de bureau étaient d'une espèce qu'il ne pouvait souffrir : boulot, avancement, carrière, travail du soir, du samedi, du dimanche, toujours une serviette pleine au bout du bras. De plus, il semblait qu'il avait, en partant, complètement rompu avec ses anciens patrons. C'était un homme piégé et ce n'était pas de partager son piège qui réparerait son sort. Ma décision ? Samedi prochain, départ.

Je m'étais imaginé que les choses seraient facilitées en remettant mon départ au bout de la semaine et comme je n'avais parlé, au début, que de venir faire un petit tour, je croyais qu'il suffirait d'annoncer que le petit tour était terminé. Je pensais même que ma décision serait reçue avec soulagement car la bouderie ne s'était guère dissipée. En attendant, je passais mon temps à revoir mon manuscrit. J'en étais contente.

Ce fut homérique ! Quand Vincent rentra, le vendredi en fin d'après-midi, j'avais sorti mon sac de voyage et j'achevais de le remplir. Mon manuscrit était logé dans sa pochette. Ce fut tout de suite très violent, les cris, les pleurs, les injures, les tentatives de vider mon sac pour remettre mes vêtements dans les tiroirs, les objets lancés à travers la chambre, et quand ce fut mes Proust en Pléiade, je me mis à hurler bien plus fort que lui, ce qui amena le concierge à nos portes et un peu de calme momentané !

– Tu ne vas pas me laisser seul ici !

Ce propos revenait sans cesse et pas sur le mode interrogatif, c'était évident. Il entendait que je serais dans l'impossibilité de le faire et, au train où allaient les choses, je voyais comment Vincent comptait s'y prendre : sans douceur !

– Et puis, ne me regarde pas comme ça.

Si je le regardais « comme ça », c'est que je voyais un homme qui m'était inconnu et un inconnu que je ne voulais pas connaître. Je me demandais ce que je faisais dans cet appartement, « si joli avec vue sur le parc », avec quelqu'un que je n'avais jamais vu et dont je ne voulais rien savoir. Quand il lança au bout de la pièce son bel appareil photo dont les petits bouts s'éparpillèrent sur le parquet, je cessai de le regarder et m'en fus m'asseoir devant la fenêtre. La vitre faisant miroir, je le voyais ramasser les débris. C'était si pénible que je fermai les yeux.

– Tu dors ?

– Non. Je préfère ne pas vous voir. Si vous pensez que de tout détruire ici me fera rester... Enfin, c'est bien dommage pour ce bel appareil.

– Bon ! Je vais faire une petite promenade, ne m'attendez pas pour dîner.

Il prit son blouson, ses clefs et sortit. J'entendis la voiture qui démarrait. Je devais prendre le train le lendemain matin. Non, non, ne pas rester là jusqu'au lendemain. Je refis mon sac, j'appelai un taxi et me fis conduire à la gare des autobus où je me munis d'un sandwich et d'une tablette de chocolat. En voiture !

En me blottissant dans mon lit, sous ma chaude couverture, je me mis à rire de plaisir et m'endormis comme si de rien n'était.

Le lendemain matin, ah ! le lendemain ! en vidant mon sac de voyage, je vis que je n'avais plus mon manuscrit.

Cette rocambolesque histoire de manuscrit perdu était donc encore bien vive dans ma mémoire, pourtant les premiers jours de rage passés, je m'étais toujours refusé d'y penser sans cesse et j'y avais assez bien réussi.

De Vincent, j'avais huit lettres, les cinq premières, écrites avant mon « expédition », étaient ce que j'appelais les suppliantes : « Venez me rejoindre, je ne peux vivre sans vous », les trois dernières, après mon retour, répondaient aux lettres violentes que je lui écrivis en découvrant la disparition du manuscrit. Elles étaient toutes du même ton : « De quoi parlez-vous ? Je ne sais rien de tout ça. Si vous n'étiez pas partie en coup de vent, vous n'auriez pas égaré vos affaires. » Et puis celle-là, dont je me souvenais très

bien et qui disait à peu près, en résumé :
« si vous croyez qu'il est ici, venez-y
voir ! » Si c'était un piège, il était un peu
gros, mais c'était une façon de montrer
que, dans le domaine de l'insolence, il
avait encore de la ressource.

J'avais cherché dans mes brouillons ce
qui pouvait m'aider à refaire ce livre
perdu et puis j'avais finalement préféré
passer à autre chose, d'autant qu'il me
venait le désir d'écrire une histoire plus
plaisante. Quoi de plus nécessaire ?

Ce que j'ai tout à fait oublié, c'est
l'explication que j'ai donnée autour de
moi. Peut-être étais-je partie sans rien dire
pour me donner le temps de « voir venir » !
Sinon qu'est-ce que j'avais raconté en
revenant après une semaine ? Une chose
est sûre, je n'avais jamais parlé à personne
de mon intimité avec Vincent. Cependant,
il fallait bien que Nicette en ait su quelque
chose puisque les lettres bleues étaient là.
Je me mis à lire ce que j'avais écrit à
Nicette à ces dates-là juste avant et juste
après cette insertion bleue. Elle n'était pas
là pour rien, cette liasse.

Je trouvai un carton d'invitation pour un dîner chez elle avec une note de ma main, une note assez détaillée comme si j'avais voulu être préparée à répondre négativement sans risquer de devoir accepter après quelque insistance. J'avais donc répondu par le téléphone. D'après la date, cela devait se situer avant « l'expédition ». La courte note ne donnait pas l'excuse d'un prochain voyage. Après... ? il n'y eut guère d'après, quelques lettres toujours pour refuser d'aller à leur maison de campagne où ils recevaient tout le monde d'un coup, une fois par été.

Quand tout fut étalé sur la table, trié, classé, lu, j'avais touché la preuve que l'amitié de Nicette n'avait été, très tôt dans notre vie, que du vent, qu'une chose dont on se sert au besoin et qu'on néglige autrement, qui ne ressemble en rien à la sincérité, qui n'a jamais participé aux vrais projets, aux vrais rêves. Bien au contraire elle avait tenté de s'emparer de mes amis, de me brouiller avec d'autres, ce dont je ne m'étais pas trop rendu compte la plupart du temps.

Les lettres qu'elle avait reçues de Vincent, et qu'elle avait insérées entre les miennes, ne correspondaient en rien aux huit lettres que j'avais sorties de mon classeur. Elles se situaient ici et là dans le temps depuis le moment où il était entré dans le petit groupe jusqu'à celui de mon expédition malheureuse. Elles étaient toujours fort sibyllines et signées V et même, parfois, W en manière de blague, je suppose. Il ne semble pas que Maurice en ait été intrigué. À les lire, au reste, avait-il compris qu'elles étaient de Vincent ? Avait-il compris pourquoi elles étaient là ? Je ne le crois pas. Cela faisait partie des choses curieuses qu'il m'avait annoncées.

J'ai abandonné sur la table les feuilles, les enveloppes, les blanches, les bleues. Il était bien passé minuit. J'ai l'habitude de supporter les coups durs toute seule mais celui que m'avait porté Nicette, ces révélations livrées au détail en un lent travail de sape, celui-là je l'aurais volontiers partagé avec quelqu'un que j'aurais pu appeler. Même Douce, vraiment non.

Personne dans le petit groupe à qui j'aurais voulu faire autant de confidences. À ce moment-là, je n'y avais pas de cette espèce d'ami. On se voyait ensemble en tout ou en partie. Or, une amitié profonde, vraie, s'établit, je pense, entre deux personnes qui se voient seules de temps en temps. La conversation de groupe, cela peut être très amusant. Amusant, c'est le mot, oui. Quant à Maurice, ce n'était pas tellement de confidences qu'il avait besoin. Mais d'explications.

Il avait téléphoné, Maurice, le lendemain matin. Il brûlait de savoir si j'avais lu toutes mes lettres à Nicette. Bien sûr que non. Il avait eu l'air déçu, il croyait que j'étais prête à recevoir le reste des papiers que Nicette avait laissés. Autrement, il ne savait pas quand il les apporterait.

— Est-ce que vous partez, Maurice ?

— Mais oui, figurez-vous que j'ai reçu une lettre d'un homme d'affaires chargé de celles de Nicette dans une ville que je ne connais même pas, en Ontario. Il paraît que Nicette y était propriétaire d'un immeuble à appartements.

– Nicette n'en a pas fait mention dans son testament ?

– Non. Elle y dit : « tous mes biens sans exception », ce qui règle la question et dispense de toute énumération. Quant au reste, je pars pour l'inconnu.

– Avez-vous téléphoné à son notaire ?

– Oui. C'est lui qui a écrit à l'homme d'affaires. Nicette lui avait laissé des instructions.

– Quelle histoire ! Nous avions tiré un drôle de numéro, Maurice. Je ne puis m'empêcher de penser que si je ne l'avais pas d'abord choisie comme amie vous ne l'auriez jamais connue. Je pense souvent qu'à huit ans, elle avait déjà toutes ces choses secrètes en elle, qui attendaient de naître et de prendre, vous le savez, beaucoup de place, le goût de se créer des mystères, une aura mystérieuse. Et maintenant, cette affaire incompréhensible...

Il a murmuré quelque chose qui semblait dire qu'il attendrait avant de tirer ses conclusions.

Je n'ai pas su combien de temps il avait passé là-bas. Je me suis remise au travail sans facilité, mécontente, la plupart du temps, non pas de ce que je faisais, mais de mon manque de désir de travailler, incapable de refouler ce qui m'obsédait depuis quelque temps. Je pensais à Maurice assurément, à son histoire d'héritage dont il avait, je le supposais, la complète révélation à présent ; je pensais aussi à ce qui restait des papiers de Nicette, le troisième carton, avec curiosité, bien sûr, mais en même temps avec méfiance. Quant aux lettres que j'avais déjà, je les avais séparées des miennes, telles qu'elles avaient toujours été, et je les avais rangées.

C'est un Maurice aux mains vides que je trouvai devant ma porte un jour. Il m'attendait en lisant dans sa voiture, l'air de quelqu'un qui se morfond depuis des heures. Il n'avait pas apporté l'autre boîte à quoi j'avais tout de suite pensé en le voyant là. Il avait oublié ! Bon ! Voilà un homme tout prêt aux confidences, dirait-on bien. Il avait l'air un peu sonné. Je l'ai fait asseoir dans mon bon fauteuil. Je lui ai offert un whisky ou du café, du thé...

– Savez-vous, Cora, je prendrais, si vous avez, un grand chocolat bien chaud.

Tiens donc ! Il était en pleine régression, ce pauvre homme, il devait se retenir pour ne pas pleurer, peut-être. Bref, je n'aurais pas pu prendre une seconde de moins. Mais ma célérité ne me valut aucune remarque élogieuse.

– Ça ne va pas, Maurice ? Quand êtes-vous revenu ?

– Il y a quelques jours. Rien qui aille mal à proprement parler. Je suis étonné, comme si le tonnerre m'avait frappé.

– C'est justement ce que le mot signifie.

Il n'avait que faire d'étymologie c'était visible. Je me languissais. Il avait appris plus de choses qu'il n'arrivait à le dire. Cela passait mal.

– J'ai trouvé, en arrivant là-bas, des gens coincés, un peu claquemurés si je puis dire, des gens habitués à n'en pas dire plus qu'il ne faut. L'homme m'a emmené voir l'immeuble en question, petit, seize appartements, étonnant, oui...

– Par le... plus ou par le moins ?

– Le plus, sans aucun doute. J'ai demandé à quelle époque Nicette avait acquis cet immeuble. « Elle en a hérité il y a une dizaine d'années. »

– Il vous a dit de qui ?

– Je ne l'ai pas demandé. Je n'ai pas accusé le coup. J'ai fait « ah bon ! » comme si j'avais vu tout de suite de qui cela pouvait être. Le lendemain, j'ai filé au greffe. Il m'a semblé que l'on me répondait avec un air entendu. Dix minutes après, je pouvais lire à loisir les dernières volontés de... Vous vous souvenez de Constantin ?

— Votre ancien associé ?

— Lui-même.

— Je ne me le rappelle pas bien, sinon comme un homme terne, grisâtre dirais-je.

— Tel qu'il était, il semble qu'il était beaucoup plus riche qu'on ne le pouvait supposer et, de ce fait, plus séduisant.

Je ne veux pas lui dire que ce n'est peut-être pas ce qu'il croit, que je me souviens d'une autre histoire, de celle d'un collier de perles fines, qu'elle disait « de culture » qui ne l'étaient certes pas et qu'elle avait obtenu par de petites chatteries sans suite, des sourires, des attentions étudiées. Un très beau fil de perles, seul souvenir, seul bien de famille qu'un vieil ami du père de Nicette conservait pieusement et qui a fini par tomber dans le coffret de la belle. Le pauvre homme avait donné ce qu'il avait, mais Nicette n'avait rien à donner en retour que des regards tendres, des roucoulements prometteurs jamais tenus.

– Quel âge avait votre associé ? Il avait l'air plutôt rassis.

– Une trentaine d'années de plus que moi. Il avait rompu notre association pour se retirer, de façon très élégante, au reste.

– Il n'avait jamais parlé de cet immeuble ?

– C'était un homme très secret. Je ne sais même pas où il est allé ensuite. Il avait dit qu'il voulait longuement voyager. Il a envoyé quelques cartes. Un jour, j'ai appris qu'il était mort, mais jusqu'à récemment, je ne savais pas au juste quand.

– Il a pu laisser ce bien à Nicette sans que vous n'en sachiez rien ? Comment expliquer cela ?

– Facilement. En ce pays, il n'y a pas de loi restrictive sur l'héritage. Vous pouvez laisser ce que vous voulez à qui vous voulez. Au reste, je ne sache pas qu'il ait eu de la famille ou alors, éloignée.

– En quelle année est-ce arrivé ?

– En 1985, au mois de février.

– Mais, vous étiez en Suisse, Maurice ? C'est bien cette année-là que vous y avez passé six mois pour votre travail.

– Mais oui, je sais bien. Je vous dirai que j'aie été ici ou là, Nicette allait et venait sans donner trop d'explications. Elle faisait partie de toutes sortes de mouvements, d'associations. Elle recevait beaucoup de courrier. Je me suis aperçue, après sa mort, qu'elle brassait assez d'affaires.

– Un petit magot ?

– Un peu plus. J'ai pensé, d'abord, qu'elle avait fait fructifier les économies faites sur l'argent du ménage, des placements judicieux selon l'expression. Je vois bien, maintenant, qu'il y avait autre chose. Je pense que Constantin lui a laissé plus que l'immeuble. C'était sa maîtresse, évidemment.

– Qui sait ?

Maurice m'avait jeté un très vif et très long regard.

– Est-ce que vous penseriez, Cora, à quelque chose de tout à fait différent ? Le chantage, par exemple ?

Je n'avais pas pensé à cela. J'ai eu envie de parler du collier de perles et puis une sorte d'apathie m'a saisie. Maurice a sorti une feuille de sa serviette.

– On m'a donné la liste des locataires de l'immeuble. Les baux seront bientôt renouvelables. Aucun de ces noms ne vous est connu ?

J'avais les yeux rivés sur la feuille quand j'ai entendu un souffle de voix qui murmurait :

– Cora, excusez-moi...

Puis un grand bruit mou. Maurice était à terre, les yeux ouverts mais chavirés, le visage gris. J'ai pensé qu'il était mort. Toutefois, sous mes doigts, le cœur battait, rapide et assez régulier.

Quand il eut repris connaissance, je l'ai fait coucher dans mon lit en attendant mon ami Claude qui est aussi mon presque voisin et mon médecin. Il connaît Maurice. Dès le premier coup d'œil, en passant la porte de la chambre, il m'a dit :

– Il a été malade ? Il a bien maigri.

– Il ne m'a rien dit de tel. Quand il est arrivé, je l'ai trouvé fondu.

Aux questions du médecin, Maurice a répondu vaguement et toujours par des

non, non, non. « Avez-vous été malade ?
Vous êtes-vous évanoui, ces temps-ci ?
Mangez-vous normalement ? » Rien que
des non, faibles, à peine audibles. Pas
possible de lui faire dire en quoi il ne
mangeait pas normalement. L'interroga-
toire n'alla pas plus loin et Claude me fit
signe de le suivre en montrant la porte.

– Je ne vois pas trop. J'ai l'impression
qu'il est épuisé. Il ne serait pas en train
de faire une petite grève de la faim ?

– Je ne pense pas. Quand je lui ai offert du thé, il m'a demandé plutôt du
chocolat, bien, bien chaud, oui.

– Et malgré le chocolat, il s'évanouit !
Écoutez, je vais le faire transporter à
l'hôpital. Vous n'avez pas de pyjama
d'homme, ici ? Non ? Je vais aller en
chercher un chez moi.

Pendant les trois minutes où Claude a
été absent, je n'ai pas bougé de la chambre. Je regardais Maurice qui ne remuait
pas, ne parlait pas, soufflait à peine.
Claude et moi lui avons passé le pyjama.
Je ne l'avais jamais vu nu. Pauvre Maurice,
il lui restait juste assez de force pour se

voiler avec sa main. Claude, qui avait peut-être pensé « des choses », me fit une petite mine où passaient toutes sortes de sous-entendus.

– Bon, dit-il, cela lui épargnera la chemise de nuit de l'hôpital.

Maurice a murmuré « merci », j'ai mis ses effets dans un sac d'avion et les ambulanciers sont arrivés. En passant dans le salon, derrière la civière, j'ai vu que la feuille était là, blanche, sur le fauteuil. Je suis montée dans la voiture de Claude et nous sommes arrivés en même temps que l'ambulance.

Bref, il a fallu le garder à l'hôpital, examens de toutes sortes, il devra y en avoir de plus poussés demain, interrogations, prises de sang. J'ai répondu pour lui la plupart du temps, non il n'est pas fumeur, pas buveur, il ne se drogue pas que je sache, pourquoi dites-vous que je sache, c'est qu'on ne sait rien là-dessus d'habitude, il a un bon travail, une vie aisée. On m'a demandé s'il se pouvait qu'il ne se soit pas alimenté convenablement. C'était la deuxième fois. J'ai expliqué qu'il avait eu quelques ennuis qui l'avaient peut-être amené à perdre l'appétit peu à peu. Pendant ce temps, Maurice avait fermé les yeux et nous avons présumé qu'il dormait.

En procédant vers la sortie, je racontai à Claude que, depuis la mort de Nicette, les découvertes stupéfiantes n'avaient pas cessé, que Maurice avait dû faire un voyage éprouvant pour une affaire d'héritage bizarre. Il a fait « oui, oui ».

– Ces « oui, oui », cela veut dire ?

– Je soupçonne d'où vient l'héritage. J'avais, autrefois, un peu soigné Nicette. Elle était inquiétante, une vie remplie de toutes sortes de choses insensées. J'ai fini par lui demander de ne plus venir à mon cabinet, ses confidences m'embarrassaient et ne concernaient pas toujours sa santé.

Claude est venu me reconduire mais il a refusé de monter prendre le café avec moi. J'avais grand désir de le faire parler, il était tout prêt à le faire, cependant ses patients l'attendaient à son cabinet. Une demi-heure plus tard il a téléphoné.

– On vient de m'appeler de l'hôpital. Maurice fait un ulcère à l'estomac, peut-être depuis longtemps, on ne sait pas, plusieurs jours, plusieurs heures ? Cela saigne un peu seulement, mais depuis combien de temps ? On lui a administré un calmant sous soluté, il pleure et tient des propos déraisonnables. Et vous, Cora, de votre côté rien de plus ?

– Non, mais venez après le travail.

Rien de plus, sinon que j'avais eu le temps de bien lire la liste des locataires de l'immeuble dont Maurice venait d'hériter.

Parmi les seize noms des locataires qui avaient été ceux de Nicette, celui de Vincent détonnait par sa graphie française. Stupéfiant. C'est le mot que je répétais à haute voix pour à la fin me dire que plus rien ne me surprenait venant de ce côté. Et je devinais bien que ce n'était pas fini.

Vers six heures, Claude sonnait à ma porte.

– J'ai fait un crochet par l'hôpital. Il dormait. Je n'ai fait aucun bruit, mais il s'est réveillé. J'ai eu l'impression que, nerveusement, il a senti ma présence à travers le sommeil : « Ça va, ça va », m'a-t-il répondu quand je l'ai interrogé. La voix ténue, à ne pas croire, le regard flottant, gardant de longs silences entre ses phrases. « Je ne souffre pas, mais je me sens bizarre, tout léger, la tête creuse. Pourtant, je suis préoccupé, j'ai un immeuble... je ne sais pas quoi faire de tout cela... Vendre ? mais après, après ? » Je l'ai écouté un bon moment, je voulais vous rapporter ses propos. Ce dont il a hérité lui donne des soucis, il se fait des scrupules. Vous comprenez sans doute mieux que moi ce dont il s'agit.

– C'est compliqué et tout simple aussi. Nicette a fait un testament en faveur d'un seul bénéficiaire, son mari. « Je lègue la totalité de mes biens », etc. Inutile, en ces cas-là, d'énumérer ces biens. Le notaire en a la liste à part. Il avait été chargé de prendre contact avec un homme d'affaires de l'Ontario. Objet de cette partie de l'héritage : un immeuble à appartements – seize en tout – luxueux, semble-t-il.

– Cela cadre bien avec les propos de Nicette. Je vous ai dit que ses confidences m'embarrassaient, toujours sibyllines, destinées à provoquer les questions. Je ne lui en posais pas. La dernière fois qu'elle est venue à mon cabinet, il y a de cela plusieurs mois, je lui ai dit qu'elle avait un peu trop maigri. Elle m'a répondu que c'était voulu, qu'elle avait décidé de retrouver ses cinquante-cinq centimètres de taille. Elle m'a dit : « Mais je n'ai pas fini de vous étonner. »

— Elle disait « vous » dans le sens de vous, Claude, ou de ...

— De notre petit groupe, je pense, même s'il s'était déjà un peu disloqué. Si je ne me trompe, c'est ce jeune homme — comment s'appelait-il ? — qui est parti d'abord. Vous vous souvenez ?

Si je me souviens ! Dire que j'ai tant fait pour oublier tout ça ! Et qu'il faut que je m'en souvienne à tout moment, ces temps-ci.

— Ah ! Cela me revient, dit Claude, il s'appelait Vincent... quant au nom de famille... Je me le rappelle assez bien, beau, n'est-ce pas ? Très drôle. Il s'occupait beaucoup de vous.

— Oui – j'étais dans l'eau bouillante – mais pas beaucoup, beaucoup. Un peu quoi.

Tout en reniant les plaisirs anciens, j'avais saisi la feuille sur ma table de travail et je l'avais tendue à Claude. Il n'a pas posé de question préalable. Après la lecture, il a juste dit :

– On s'y perd.

– Moi qui connais maintenant toutes sortes d'autres choses, je commence à m'y retrouver. Vous ne m'avez pas parlé de Nicette en termes amicaux. Cela me permettra de vous dire sans embarras ni scrupules ce que je sais. Sans remonter jusqu'à la préhistoire, je vous dirai que j'ai eu pour Nicette, dès mes huit ans, une de ces amitiés d'enfant faite de ferveur, d'exclusivité, de rêves d'avenir. On s'imagine épousant les deux frères, le même jour, portant des robes semblables, le même petit bijou.

– Ne me dites pas que Nicette fut capable de cela, même à huit ans ?

– Je l'en croyais capable, et quand je découvrais quelques indigences dans cette amitié, je colmatais les brèches, je lui offrais ses excuses.

– À quel moment, les choses se sont-elles vraiment gâtées ?

– Après son mariage avec Maurice. Le jour même, quand nous nous sommes embrassées, à l'aéroport, au moment de leur départ, elle m'a glissé à l'oreille : « Tu dois m'en vouloir, ce n'est pas toi qui as eu Maurice. » Quand je me suis mariée, elle a découvert que Romain et moi étions... disons fort liés depuis plusieurs années. Nous avions caché la chose par amour du secret, peut-être, mais aussi parce qu'il courait ainsi moins de risque que celui dont tout le monde s'occupe. Du coup, elle a compris que je n'avais pas eu de sentiment, pour Maurice, plus que de l'amitié et elle s'est mise à parler de moi en des termes... avec des mots que les personnes qui me les rapportaient rougissaient d'employer.

– Vous en souffrez encore ?

– Je n'ai jamais pu trouver ni atteindre la consolation complète. J'ai cessé de la voir souvent. L'amitié, c'est si précieux, c'est irremplaçable et, pourtant, quand tout a été fini, je me suis aperçue qu'elle l'avait reniée depuis longtemps, petits morceaux par petits morceaux. C'est ce que j'ai appris en lisant nos lettres.

— Je ne veux pas ajouter à votre désenchantement, mais il faut admettre que ce qu'elle est devenue, elle l'était.

— Oui, ce qu'on a perdu, c'est qu'on ne l'a jamais eu, je sais.

— Vous n'aviez fait que mal choisir.

— Aurais-je dû être assez perspicace, dès l'âge de huit ans, pour la deviner ? Et pour être insensible à sa beauté ? Si j'étais en mal d'amitié, aurais-je dû en choisir une laide ?

— Comment se fait-il que vous ayez retrouvé vos lettres ?

— Maurice me les a données, elles font partie de la « totalité des biens » en question. Au reste, il m'a assuré que Nicette lui avait dit, lors des dernières conversations, qu'il pouvait faire de ces papiers ce qu'il voudrait. Cependant, j'ai le sentiment qu'il ne voit pas les choses comme moi. Il voulait lire mes lettres de petite fille en cherchant l'écrivain à venir. Je ne sais s'il l'a trouvé. D'autre part, je suis certaine qu'il n'a pas perçu Nicette telle qu'en elle-même. Je pense qu'il avait décidé de rester à la surface des choses.

– Quel âge aviez-vous toutes les deux quand elle a épousé Maurice ?

– À peu près vingt ans. Vous savez, ce n'était pas la première fois que Nicette faisait sa cueillette dans mon jardin. Je ne m'en rendais pas trop compte parce que je n'étais pas amoureuse de ces garçons-là. Quand j'ai connu Romain, un instinct indéfinissable m'a fait garder le secret, je vous l'ai déjà dit. D'abord, il ne faisait pas partie du groupe. Ensuite, nous vivions dans la même maison et sur le même étage. C'était si discret que personne, je pense, ne nous a jamais vus entrer l'un chez l'autre.

– Quand vous parlez du groupe, voulez-vous dire que notre petit groupe existe depuis votre adolescence ? Moi, je ne suis là que depuis une dizaine d'années, mais j'ai eu le temps de deviner bien des choses.

– Des débuts du groupe, il ne reste que Maurice et moi. Tous les autres sont partis pour l'Europe, l'Asie, l'Afrique et ont été remplacés l'un après l'autre et, pour tout le monde, l'âge adulte était venu. Je ne les vois plus beaucoup et Maurice ne les voit presque pas du tout. Aux funérailles de Nicette, vous vous souvenez...

— Je vais vous quitter. Je vous parlerai d'elle longuement, un jour. Vous me parlerez de Maurice que j'ai très peu connu en réalité. De vous aussi peut-être ?

Avant cette conversation, je n'avais échangé, avec Claude, que des propos médicaux à son cabinet ou de ceux que l'on tient autour d'une table d'amis. Je savais qu'il avait de l'esprit, j'ignorais s'il avait du cœur. Dans les jours suivants, je le vis s'occuper de Maurice comme d'un ami cher, alors qu'ils se connaissaient peu. À l'hôpital, Maurice ne se trouvait pas sous ses soins et, cependant, il allait le voir souvent, l'écoutait tenir des discours assez décousus où revenait, me dit-il, un déroutant « merci de ne pas m'interroger ».

Claude pense que ce qui a le plus secoué Maurice, ces derniers temps, ce n'est pas seulement cette histoire d'héritage. La mort de Nicette lui aurait fait l'effet de passer d'un lieu très fermé à l'air vif du dehors. Il a perdu l'objet de sa terreur, mais oui, il est veuf de son malheur, et le temps perdu pour vivre ne se rattrape pas.

Si Maurice était content de n'être pas interrogé, c'était, en partie, parce que ses souvenirs étaient confus. Il semblait ne pas se rappeler son évanouissement chez moi et que c'était Claude qui s'était chargé de le faire admettre à l'hôpital. Quand je suis allée le voir pour la première fois, ce qui lui revenait assez clairement fut qu'il y était arrivé vêtu d'un pyjama prêté par Claude.

— Il faudrait s'occuper de ce pyjama. Il faut le faire laver et le remettre à Claude.

— Mais auparavant, il vous en faut d'autres. Prêtez-moi vos clefs et j'irai vous en prendre quelques-uns.

— Oh oui ! surtout le bleu, je l'aime le bleu, je ...

Un enfant ! Sourire béat, la tête qui s'incline sur l'épaule. Il dormait déjà tout en murmurant quelques syllabes confuses où je crus deviner une grande affection pour le pyjama bleu. Je pris les clefs et filai en taxi jusque chez lui.

Il y avait assurément plus longtemps que je ne le croyais que Maurice avait décroché. Beaucoup de lettres, de journaux et même de petits colis qui avaient été glissés par le passe-lettres jonchaient le sol en bas de la porte, mais tout autant avaient été poussés à côté : le courrier de plusieurs semaines dont une partie avait été repoussée et l'autre piétinée comme s'il n'y avait rien eu. Je me suis fait la réflexion que, si je voulais indiquer qu'un de mes personnages était en train de sombrer, je lui ferais faire cela : ne pas ramasser son courrier. Sur quelques enveloppes, on voyait des traces de souliers boueux. Je passai outre en essayant de poser le pied aux endroits nus.

Je me mis d'abord en quête d'un sac de voyage assez petit pour ne contenir que trois ou quatre pyjamas – le bleu surtout – et quelques objets de toilette. J'ouvris des tiroirs où tout semblait chaviré et finis par découvrir l'objet, un peu froissé par le désordre. Dans une manne d'osier, j'en découvris qui avaient été portés et que je ferais laver. Quatre, tous bleus ! Bon. Les petites incohérences sont aussi troublantes que les grandes.

En sortant de la chambre de Maurice, je vis que la porte de celle de Nicette était fermée. Si elle ne l'avait pas été, je serais peut-être entrée pour jeter juste un regard sur cette pièce où je l'avais vue pour la dernière fois, mais ouvrir me parut un geste difficile à faire sans que je me l'explique bien, une crainte.

Cependant, je décidai de visiter tout le reste de la maison, qui sait ce que j'y pouvais trouver. Dans la cuisine, j'avisai sur une table une serviette grande ouverte, vide. Je m'en servis pour entasser le courrier. Sur le rabat, j'aperçus le chiffre de Nicette.

Entraînée par l'enchaînement des choses, je m'interrogeai sur la présence de cet objet dans la cuisine, sur les initiales de Nicette, sur l'absence du moindre bout de papier entre les soufflets, sur tout, quoi ! Passons sur les fruits pourris dans un beau bol de cristal et sur le réfrigérateur qui ne contenait que des bouteilles d'eau, mais rien qui se mange, et sur le lave-vaisselle vide, bref sur dix autres petites choses inexplicables par leur quantité surtout. On aurait pu se demander qui avait vécu là, ces derniers temps. Je ne suis pas poltronne, cependant à la fin, une vague angoisse me vint, comme si l'inattendu m'attendait. Je mis le sac et la serviette près de la porte et j'appelai un taxi. Ouf ! je ne retournerai pas là toute seule !

Trier cette cueillette singulière me prit du temps. Je m'étais installée à la grande table à écrire, un panier à papiers à mes pieds. Nous savons de reste, par les temps qui courent, que l'inutile est la grande part de notre courrier, publicité de toutes sortes, demandes d'argent en tout genre, papiers, papiers, papiers qui, une fois jetés, laissent un peu d'espace pour les travaux sérieux.

Je m'aperçus vite que pour les factures, celles que l'on reçoit tous les mois, électricité, téléphone, etc., les échéances étaient passées. Même chose pour ses affaires de banque, des certificats échus et non renouvelés, des chèques datés de plusieurs semaines qu'il n'avait pas touchés.

La gabegie ! Je fis une pile de tout cela et, sans me demander ce que Maurice en penserait, je téléphonai à la directrice de sa banque avec qui je m'arrangeai si bien que nous nous retrouvâmes, le lendemain, de chaque côté du lit de Maurice.

Heureusement, il allait un peu mieux. On lui donnait des antibiotiques qu'il avalait sans résistance et qu'il n'aurait pas pris s'il avait été chez lui. Il avait reçu son pyjama bleu, j'apportais les autres, il était content. La directrice avait avec elle toutes sortes de formules, papiers divers qu'il put signer, il fit des chèques, bref tout se régla en une petite heure. Comme elle allait partir, il murmura :

— Un moment... j'ai fait un héritage que je ne puis accepter. Cela me fatigue. J'ai bien besoin de conseils.

— Il y a sûrement plusieurs façons de disposer de cela. Je peux arranger une entrevue avec votre notaire. Est-il au courant ?

— Non, je ne crois pas.

J'ai été étonnée. J'ai failli intervenir pour dire qu'il m'avait parlé de notaire mais je me suis souvenue à temps que ce n'était pas lui qui l'avait averti de l'existence de cet héritage, mais un homme d'affaires ontarien. Plus les choses allaient, plus il se découvrait que Nicette n'avait, en partage avec son mari, ni notaire, ni homme d'affaires, ni banque, ni médecin, ni la chambre, bien sûr. Et elle laisse des cartons pleins de papiers révélateurs ?

Dans les jours qui suivirent, nous avons beaucoup parlé, Maurice et moi, de cet immeuble qui lui était échu.

— Vous êtes d'accord que je ne puis garder cela, n'est-ce pas ? Ce serait, il me semble, déshonorant. Je veux le vendre, mais le problème n'est pas changé pour autant.

J'ai eu envie de répondre qu'il pourrait bien garder le fruit de la vente en compensation de toutes les couleurs qu'elle lui a fait voir et l'employer à s'arranger une vie nouvelle. Enfin, le notaire fit téléphoner : il irait voir Maurice chez lui dès sa sortie. Après cela, la maladie le quitta petit à petit, l'ulcère guérit complètement, le discernement revint, la sérénité aussi, mais peut-être pas autant qu'il voulait le faire croire.

J'étais à peine sortie du lit, un matin, voilà qu'il me téléphone : le médecin venait de passer et lui avait signé l'exeat. Pouvais-je aller le chercher ? Je me suis demandé s'il se souvenait que je n'avais pas de voiture.

– Je serai prêt dans un quart d'heure. Je vous attendrai en bas, près de la sortie.

Avec la meilleure volonté, je ne pourrais être là avant trois quarts d'heure. Cet homme était en train de me faire tourner en bourrique. Tenez, je voudrais ne l'avoir jamais connu. À la réflexion, je me dis que c'est Nicette que je n'aurais pas dû connaître. Cette idée inopinée me serre le cœur. Malgré tout, je ne peux penser rien de tel. C'est par elle que j'ai, petite encore, appris à souffrir d'aimer. C'est par elle que j'ai pris l'habitude de l'amitié. Enfin, ce n'était guère le moment de ruminer ce que je dois à cet apprentissage, les chagrins et les joies. Cependant, j'arrivais mal à tenir pour rien les contrariétés de ces derniers jours causées par son héritage empoisonné. Pour moi, son héritage, pour le moment, c'était un Maurice réduit, un homme qui s'évanouit au milieu de mon salon et qui aurait tout aussi bien pu mourir là, à terre, ou un peu plus tard dans mon lit.

Pendant tout ce temps passé à ressasser, à fomenter, j'étais arrivée à l'hôpital.

— Chauffeur, attendez-moi ici, je reviens tout de suite.

Je passais ma vie en taxi depuis les événements — c'est ma façon de désigner ces péripéties. J'étais, heureusement, au moment de toucher « mon petit fixe », car l'argent filait vite, d'autant que je ne puis guère me retenir d'allonger de jolis pourboires.

Maurice était là, près de la porte, un peu flottant dans ses vêtements, les joues creuses mais de bonne couleur.

— Je n'ai pas voulu déjeuner, me dit-il, car j'ai pensé que nous pourrions y aller ensemble. Je suis sûr que vous n'avez pris qu'un café.

Même pas... Je l'ai regardé avec affection. J'aime bien qu'on soit intuitif. Rien ne pouvait me toucher plus vivement que la perspective d'un petit déjeuner imminent. Il connaît les bons coins, car il a souvent des petits déjeuners d'affaire. C'est une nouvelle mode. Il a payé le taxi, bien sûr, tout allait pour le mieux.

— Ce sont les meilleurs croissants et le meilleur café au lait en ville, et les meilleures confitures, a-t-il ajouté en me prenant les mains que j'avais froides – l'inanition – et qu'il a gardées jusqu'à l'arrivée de toutes ces choses chaudes et parfumées.

La conversation a été très futile, rien de plus réconfortant. Nous avons parlé de façon ironique de la nourriture de l'hôpital, des infirmières tutoyeuses, de ses pyjamas. Presque au moment de se lever de table, comme s'il avait gardé cela pour la fin :

— Savez-vous qu'on m'a fait voir à un « psy » ?

— Cela c'est bien passé ? Il a été sympathique ?

– Il a été patient. Il m'a demandé si je dormais bien, si je lisais et diverses petites choses. J'ai juste balbutié quelques mots, je dirais plutôt quelques onomatopées, puis « Parler me fatigue ». Ce fut tout. Je veux bien raconter mes affaires au notaire si c'est indispensable. Je me suis conduit comme un imbécile, mais je ne suis pas ramolli pour autant. Il a bien compris, je crois, que je voulais garder mes « infâmes » petits secrets et que si parler me fatiguait les premiers jours, je n'en étais plus là. S'il m'arrive de vouloir tout raconter, ce sera à vous.

Je l'écouterai avec amitié, sûrement, mais surtout avec beaucoup de curiosité. J'ai le sentiment que les péripéties dont Nicette nous a ménagé la révélation, ce n'est pas terminé. Et d'abord :

– Dites-moi, Maurice, le carton qui reste, vous ne l'avez pas oublié ?

– Pas du tout. Terminez votre livre, le premier jet au moins. Et je vous l'apporterai ensuite. Avec mes histoires je ne vous ai que trop retardée.

Un malade qui se met à penser aux autres est sur la bonne voie. Je le lui ai dit et j'aurais mieux fait de me taire.

– Je n'ai peut-être pas été très malade, car je n'ai pas cessé de penser à vous.

Je ne veux pas le suivre là-dessus. Je ne veux même pas en parler. J'ai fait un petit geste qui signifiait « vous plaisantez » et je me suis levée. Au moment de se séparer, j'ai mis le plus de chaleur possible dans mes propos : « soignez-vous bien, soyez prudent, au moindre ennui, téléphonez-moi » pour remplacer le baiser évité de justesse.

Pourquoi ? Oui, mais pourquoi quoi ? Ah ! je passais par une période où j'avais plus de questions que de réponses. J'ai eu l'idée de faire un tableau avec les prénoms à gauche et, à droite, le pour et le contre, mais aussi l'indécis, l'hypothèse, sans compter qu'il en était ainsi pour nombre de personnes autour de moi depuis la mort de Nicette. Il semblait que cet événement suscitait des insinuations, des potins.

Le plus immédiat, c'était Maurice et pourquoi je me rebiffais à l'idée qu'il puisse vouloir autre chose que mon amitié et ma pitié. J'imaginais que ce qu'il voulait, à la fin, c'était de m'épouser ou, en tout cas, de me faire l'amour un peu ou toujours, mais était-ce bien là ce dont il s'agissait ? Comme ce serait simple s'il le disait. Mensonge ! Je ne voulais entendre rien de tel, je ne veux pas qu'on aborde ce sujet. Mais pourquoi ? Si j'essayais de me souvenir de ce que je ressentais pour lui avant qu'il ne rencontre Nicette et avant que je ne connaisse mon mari, je ne retrouvais ni attirance ni répugnance. Ce n'était pas qu'il manquait d'attrait et, qui sait, j'ai pu être coquette et l'avoir oublié avec le temps. Est-ce que je me souviens de tous ces jeux ?

Claude. Il y a Claude. Il a une façon de me regarder que je connais bien, je l'ai déjà pratiquée autrefois. Il m'offre – il n'y a pas d'autre terme – un regard si limpide, si lisible, qu'on y voit : « Regardez comme je suis sincère, comme je mérite d'être aimé. » Il est venu prendre le café l'autre dimanche. Il voulait, disait-il, me parler de Maurice et je me suis demandé au fur et à mesure qu'il avançait s'il ne voulait pas surtout savoir ce qu'il était pour moi, mais je n'arrivais pas à trouver la bonne formulation pour le lui dire. Finalement, il a conclu :

– Pauvre homme, il a été secoué, mais il est tiré d'affaires à présent. Votre amitié lui a été précieuse.

– Maurice mérite toute ma compassion.

Claude m'a regardée avec curiosité de la même façon qu'il l'avait fait quand nous avions passé son pyjama à Maurice. J'ai continué sur le thème de la compassion en entremêlant les motifs, celui de la maladie et celui d'avoir été le mari de Nicette. Au vrai, j'étais un peu perdue, je voulais être sincère tout en étant gênée de tout dire ce que signifiaient pour moi les mots « mari de Nicette ». Ouf !

Au moment de partir, comme s'il voulait me laisser un sujet de réflexion, Claude a dit d'un ton léger, l'air de n'y pas toucher :

– Je ne vous ai pas dit que j'ai obtenu mon divorce ? Cela traînait depuis longtemps, c'est fait enfin !

–Je ne l'ai jamais vue.

– Elle est partie depuis plusieurs années. Je ne les compte plus.

Les hommes sont bousculés par les temps qui courent. Claude n'avait pas l'air triste et, qui sait ? au fond du cœur il souffrait peut-être atrocement « depuis

plusieurs années ». Cela m'intriguait.
Quant à Maurice, est-ce qu'il me dira
jamais la vérité sur ce qu'il a été pour
Nicette ? Un souffre-douleur peut-être ?

Quand il téléphonait, c'était surtout
pour parler de ses affaires. Le notaire était
allé le voir chez lui. Il lui avait conseillé
de vendre l'immeuble ontarien et d'attendre après cela pour prendre d'autres
dispositions. Il trouvait que Maurice
aurait à prendre trop de décisions défini-
tives. Ce n'était pas très compliqué, pour
le moment au moins, mais il me raconte
trois fois qu'il ne sait pas sur quel pied
danser. Ferait-il un don à son université,
à une œuvre charitable, à une biblio-
thèque, à un hôpital ? Le choix s'élargis-
sait tous les jours. Quand il avait nommé
tout cela, il recommençait. Puis, il avait
l'intuition qu'il radotait. Ah ! le malheur
sied mal à l'esprit humain !

– Chère Cora, je vous raconte toujours
les mêmes choses et peut-être plusieurs
fois au cours du même appel. Vous allez
me prendre en dégoût. Il faut me comprendre : je ne suis pas en paix.

Le passage de Nicette dans une vie ne laisse pas de souvenir de paix et nous n'avions sûrement pas fini d'en voir de toutes les couleurs. Je le lui dis. Je n'aurais pas dû, car j'entends l'appareil se raccrocher doucement. Je n'ai pas compris si je l'avais vexé ou si je l'avais découragé. J'ai raccroché à mon tour en me disant, sans en avoir eu le projet : « Si je partais pour Montréal, si j'allais voir Douce, c'est cela qui me donnerait la paix, à moi. »

Cette résolution prise, ah ! je respire, j'ai saisi le téléphone encore chaud et composé le numéro de Douce.

– Tu vas dire que je ne te donne signe de vie que lorsque je ne puis plus la supporter. Toi, comment vas-tu ?

– Moi, j'ai une très grande nouvelle à t'annoncer.

– Une bonne ? une mauvaise ?

– C'est selon ce qu'on pense. Autour de moi les avis sont partagés. Tu sais peut-être que mon mari n'est pas rentré à la maison depuis deux mois. Je n'ai pas eu le temps de t'appeler ces derniers jours, ni le désir non plus, aussi longtemps que j'étais indécise.

– Alors ? Tu divorces, c'est cela, les choses sont entamées ?

– Oui, j'ai obtenu son adresse. Sans mot dire, il a pris ses vacances plus un mois sans solde. Il est en Suisse pour le moment. Heureusement que je travaille.

– Ça va de ce côté ?

– Tu serais étonnée, on dirait que je n'ai fait que ça toute ma vie.

– Tu me veux pour la fin de la semaine ?

Douce n'a jamais dit non à ça. Je pense qu'elle ignorait tout des accidents de santé de Maurice. Mais je me demandais ce que j'allais chercher là. Si c'était ce qu'on appelle une association d'idées, elle m'était venue bien malgré moi. Je n'aurais pas juré, toutefois, que je n'avais pas pensé à Maurice quand Douce m'a annoncé son divorce, une de ces pensées qui n'émergent guère des profondeurs du cerveau.

Claude était venu après le travail me faire une petite visite, comme il le faisait souvent lorsque le dernier patient ne traînait pas trop. C'était mon médecin de famille – comme on dit même du médecin d'une personne seule, mais il n'y a rien comme la médecine pour susciter des termes inexacts – et parfois cela me gênait. Il m'a félicitée pour mon tricot neuf.

– Comme il vous va bien. C'est tout ce que j'aime, la couleur, la matière.

Au lieu de prendre plaisir à ces propos agréables, j'ai rougi parce que j'ai pensé, malgré moi, qu'il m'avait souvent vue dépouillée de quelque corsage que ce soit et que, peut-être, il y pensait aussi.

– Je pars pour Montréal demain. Je vais voir ma sœur.

– Ah ! Je comptais vous inviter à dîner samedi soir...

– Allons bon ! Je déteste qu'on me passe un plaisir sous le nez alors que je ne puis le saisir. Si vous m'invitiez pour l'autre samedi, je suis encore libre.

Je n'avais pu m'empêcher de prendre un ton pointu.

– Cher Claude, vous me trouvez sotte et vous avez bien raison. Je ne sais pourquoi je suis si impatiente.

– Je vais vous le dire. Je suis sûr que je le sais. C'est que vous craignez d'ignorer des choses qui vous seraient inacceptables. Si je vous dis que je n'ai jamais eu l'ombre d'une histoire avec Nicette, est-ce que cela ne détruirait pas cette agressivité à sa source secrète ?

– C'est peut-être vrai, je ne sais pas.

– Je vois bien que vous ne pouvez pas supporter les efforts que Maurice fait pour vous plaire. Il voudrait se consoler auprès de vous, il voudrait être heureux, mais l'idée que vous pourriez succéder à Nicette, à quelque titre que ce soit, vous révulse. N'est-ce pas ? Oui ?

– Ne croyez pas que je souffre d'une sotte vanité du genre « je ne prends pas les restes ». C'est d'un refus physique et peut-être plus que ça, que je ne saurais dire, qu'il s'agit.

– J'ai bien deviné, allez. C'est pour cela que je vous dis : il n'y a jamais rien eu entre Nicette et moi. À part les quelques fois où je suis entré dans votre petit groupe, où vous n'alliez plus guère, et les rares fois où elle est venue à mon cabinet à la fin de sa vie, je l'ai toujours peu vue. Comme je ne l'avais jamais examinée, je ne pouvais lui donner les ordonnances qu'elle demandait. Je vais vous étonner, elle m'inspirait un sentiment désagréable, un peu comme... je ne sais pas...

– La peur ?

– On peut dire ça.

– Comment expliquer que cette femme ait été si malfaisante ?

– Je n'ai pas d'explication. Elle tenait peut-être cela d'héritage ? Avez-vous connu ses proches ?

– Presque autant que les miens. Je vous ai déjà dit que Nicette et moi avons été au pensionnat ensemble depuis l'âge de huit ans. Aux vacances, j'allais chez elle, elle venait chez moi passer quelques jours. Des gens qui semblaient tout à fait bien et qui traitaient leur fille comme une petite reine, selon l'expression courante. Ils vivent maintenant à l'autre bout du pays. Ils n'ont pu venir aux funérailles de Nicette à cause de cette distance que la mauvaise santé du père rendait plus difficile encore.

– Et pourquoi vivent-ils si loin ? Si loin de leur petite reine ?

– Ah ! j'ai un indice ! La mère de Nicette m'a téléphoné quelques jours plus tard. Au milieu d'explications un peu incohérentes, j'ai cru comprendre que le mariage avec Maurice lui a toujours déplu parce qu'elle rêvait pour sa fille de je ne sais quel prince, quel milliardaire, quel génie ou quelle vedette de cinéma. « Avec sa beauté », me répétait-elle. Elle lui a gardé rancune. Au téléphone, elle feignait de croire que Maurice n'avait pas eu les moyens de faire soigner Nicette convenablement, c'est-à-dire aux États-Unis. J'ai eu beau protester, dire que la situation de Maurice était enviable, elle ne m'écoutait pas. Vous savez comment c'est, on parle plus vite, plus haut et en même temps que l'autre, de sorte qu'on a toujours raison et toujours le dernier mot. Nicette pratiquait cela aussi.

–Et le père ?

– Le pauvre homme. Il faisait bonne contenance, celle d'un mari heureux, d'un père satisfait. J'ai compris un jour combien cette apparence de contentement n'était que façade. J'étais attendue là, mais arrivée un peu trop tôt, ou bien Nicette et sa mère s'étant attardées dans les magasins, on m'avait fait entrer dans le petit salon. Je me tenais debout devant la fenêtre et je regardais le jardin fleuri. Je ne l'ai pas entendu entrer et marcher jusqu'à moi – les tapis épais comme ça, vous savez. Il m'a entouré les épaules en murmurant : « Embrasse-moi, Cora, embrasse-moi. Je n'ai pas été embrassé depuis... je ne sais pas, des mois, des années. »

Claude m'a regardée, l'air très attentif.

– J'espère que vous l'avez fait ?

– Mais oui. J'ai prestement essuyé mon rouge et je l'ai embrassé avec beaucoup de cœur, je vous assure et non sans plaisir. Ce n'était pas du tout un vieux monsieur et si le baiser a été intime c'est moi qui en ai pris l'initiative.

– Ah ! vous êtes toute rose ! Et après, qu'est-ce qu'il a dit ?

– Il a dit merci puis il a ajouté : « Ce sera un très joli souvenir, je ne vous demanderai rien de plus, ni aujourd'hui ni autrement. Parfois, quand nos yeux se croiseront, nous penserons à ce baiser, peut-être, ce baiser unique » et il a filé comme il était venu. Par la suite, il s'en est tenu à cette discrétion promise, mais il m'a toujours écrit un mot aimable, élogieux même, à chacun de mes livres.

— Vous lui répondiez ?

— Non, il m'avait demandé de ne pas le faire. J'ai compris qu'il était très surveillé, insupporté mais surveillé, cela existe.

— Oui, on refuse de rendre l'autre heureux, mais on refuse aussi qu'un autre le fasse. Je me demande quelle sorte de vie Maurice a subi entre Nicette, la mère de Nicette et le pauvre père sans défense.

Nous sommes restés silencieux quelques instants, puis il a conclu d'une courte phrase paradoxale :

— Dans certaines unions, ne pas aimer est une occupation constante. Bon ! ce n'est pas tout, j'ai une autre proposition à vous faire. Puisque vous ne pouvez dîner samedi soir, est-ce que je peux vous conduire à Montréal en voiture ? Ce qui n'exclut pas l'invitation que vous avez suggérée pour samedi en huit. Nous ferions route, si cela vous plaît, en empruntant le petit chemin qui longe le fleuve, rive sud.

   – Je n'ai pas fait ce petit chemin depuis longtemps. Il y faut une bonne voiture qui ne craint pas la lenteur ! Saint-Nicolas, Lotbinière, Nicolet, Sorel, Verchères... quelle bonne idée !

C'est ma Douce qui a été étonnée. Comme elle lisait sur son balcon en m'attendant, elle m'a vue descendre de la voiture qui était immobile depuis au moins dix minutes devant sa maison. Elle a bien vu, aussi, Claude qui me tenait la portière, mais pas plus car elle s'était précipitée à l'intérieur pour aller ouvrir la porte.

– Bonjour, tu es seule ?

– Claude est pressé de retourner, ce sera pour une autre fois.

– Ah ! il y aura d'autres fois ? C'est bien, ça !

– Et s'il n'y en a pas... Tu croyais que c'était mon fiancé ou quelque chose d'approchant ? Tu me vois toujours en train de refaire ma vie.

– Tu n'es pas ici pour longtemps. Tu as pris ton petit sac de voyage.

– J'espère qu'un jour nous vivrons plus près l'une de l'autre.

– Cela pourrait arriver. Je vends la maison. Elle est à moi, tu sais ça ?

Je me suis aperçue, avec un peu de confusion intérieure, que je m'apprêtais à lui raconter comment s'était passé le voyage avec Claude alors qu'elle divorce. C'est pourtant énorme ça : Douce qui affûte ses armes, qui se bat peut-être, qui fait face à des difficultés, à des mésententes avec les enfants, qui sait ?

– Et ton mari ? Toujours en Suisse ?

– Toujours. Il n'a pas l'intention d'abréger son séjour. Finalement, son patron m'a dit qu'il s'était fait mettre en disponibilité. J'ai eu une réponse à la lettre que mon avocat lui a écrite. Les choses seront faciles : il semble l'homme le plus content du monde. Il me dit que ce serait sot que de ne pas faire les choses à l'amiable. J'ai cru comprendre que son absence était voulue dans l'intention de provoquer une démarche de ma part.

– Les enfants dans tout cela ?

– Attention ! Je ne leur ai pas fait part de cette impression. Ce sont eux qui m'ont en premier parlé de ce divorce. Jean m'a dit : « Tu ne vas pas garder ce mari-là toute ta vie, il n'est jamais là ! » et Sophie à peu près la même chose. S'ils apprennent que c'est leur père qui a choisi, le premier, cette séparation, je crains qu'ils ne soient ennuyés et même mortifiés de n'avoir pas tenu le rôle important qu'ils s'attribuent.

On veut toujours que la rupture vienne de son côté. Je dis rupture parce que je ne sais pas s'ils veulent conserver une relation filiale.

— J'essaierai, avec le temps, de les inciter à reprendre une certaine relation. Pour le moment, ils ne sont, de ce côté, qu'indifférence, tiédeur. Que veux-tu, c'est l'éternel absent.

— Vous vous êtes déjà aimés, Douce ?

— Tu sais, Cora, quand on a cessé d'aimer, on ne sait plus bien. On a beau faire le tour de ses souvenirs, retrouver ce que furent les commencements, on ne trouve que le vide.

— Mais les premiers jours de votre mariage, le voyage de noces ? Il y a bien eu un peu d'amour... physique au moins.

– Je ne sais pas. J'étais jeune. Je me suis mariée vierge. Je ne te l'ai jamais dit.

Là, je suis soufflée.

– Cela ne s'est pas trop bien passé. Je me demande pourquoi la nature a infligé aux femmes une pareille affliction qui fait de leur première nuit d'amour tout autre chose qu'une fête. Quand on dit devant moi que la nature est une marâtre, c'est tout de suite à cette nuit-là que je pense.

– Écoute, je ne sais pas bien que répondre. Cette petite horreur, ce n'est pas avec Romain que je l'ai vécue et c'est une chance. Ton mari, il était content ?

– Oh ! pas du tout. Il aurait voulu je ne sais pas quoi, que je sois vierge mais que, par magie, les choses se passent comme si je ne l'étais pas. Il m'a accusée d'être frigide.

Ouf ! Nous nous sommes mises à rire comme deux petites folles. Le fou rire des grands jours.

– Par la suite, Douce, vous avez bien trouvé plus de bonheur à la chose ?

– Par la suite, il est arrivé que ce fut lui qui garda rancune de cette nuit ratée.

Quand nous avions quelque dissentiment, il me rappelait combien j'étais douillette, incapable de rien endurer, bref une mauviette ! Tu ne m'as jamais fait de confidences de ce genre. Tu penses peut-être que je n'aurais pas dû te dire tout cela ?

– Pas du tout. Tu connais ma vie, tu sais qu'elle n'a pas ressemblé à la tienne. J'ai épousé un homme que j'aimais depuis cinq ans, alors la nuit de noces, je ne sais pas bien quelle est celle dont il s'agit, et comme je te l'ai dit, avant Romain...

– Maurice ?

– Mais non, pas Maurice, jamais Maurice, crois-moi.

Là-dessus, la conversation s'était tournée vers Maurice dont Douce ne parlait jamais sans un petit quelque chose dans la voix qui venait, je pense, de ce qu'elle voulait feindre l'indifférence. Aussi n'avais-je pas attendu ses questions pour lui dire qu'il était guéri mais que son état avait été préoccupant. J'ai tout dit et un peu plus de ce que j'avais raconté au téléphone mais, face à face, ce n'est pas la même chose. Avait-il quelqu'un dans sa vie ? Pas que je sache. Mais avait-il l'air consolé ? Là, il a bien fallu que je laisse filer quelques petits secrets sur sa vie de couple. Consolé, ce n'est peut-être pas le mot qui s'impose. Bon. Enfin, il avait pu m'apporter le dernier carton des papiers de Nicette ?

— Ma foi, non ! Il s'est passé tant de choses que je l'ai un peu perdu de vue. Je me demande, aussi, si j'ai très envie de découvrir ce qu'il y a là. Claude, à qui j'ai parlé de ce carton, m'a demandé si j'en avais peur. Qui sait ? Un peu. Maintenant, quand il m'en parle, il dit « la boîte de Pandore ». Ce pourrait bien être ça.

— Comme c'est curieux, cette petite Nicette que tu as tant aimée et dont tu sembles croire, à présent, qu'elle était capable de toutes les abominations, et ton ami Claude le croit aussi. D'où sort-il ce Claude ?

— Pour Nicette, il est possible que j'aie compris très tôt ce qu'elle était, mais cela restait dans l'informulé et puis je ne voulais pas que cela soit, j'en suis sûre. C'est

Claude, justement, qui a trouvé sa défi-
nition : « Ce qu'elle est devenue, elle
l'était. » Pour Claude, il ne sort pas de
bien loin, il vit dans le même immeuble
que moi, de plus c'est mon médecin. Il a
eu soin de Maurice quand le pauvre
homme s'est effondré. En outre, il fré-
quentait un peu le petit groupe, autrefois.

— Que pensait-il de Nicette ?

— Peu de choses, dans tous les sens du
terme.

Douce m'a fait raconter tout le parcours par le petit chemin du bord de l'eau
de la rive sud. Je sens qu'elle voudrait en
entendre davantage : « C'est tout ? » me
dit-elle quand j'ai eu fini de lui parler des
arrêts pour regarder les paysages, de l'endroit où nous avons mangé, des propos
que nous avons tenus à table : « Il n'est
pas très entreprenant. »

— Moi non plus. Ne me regarde pas
comme ça, c'est permis. Dis-moi, qu'est-ce
que tu feras quand ta maison sera vendue ?
Venir vivre à Québec, ça ne te dit pas ?

Nous avons longuement discuté.
D'abord la maison qui l'emploie existe

aussi à Québec, ce serait facile de ce côté. Mais il faut tenir compte des enfants : un divorce et un changement de ville, ce serait beaucoup en même temps. De fil en aiguille, nous avons reparlé des motifs qui ont décidé Douce à divorcer.

— Je t'envie, me dit-elle, je te le répète souvent et ce n'est que trop vrai. Tu as perdu un mari à qui tu n'avais rien à reprocher. Il t'a laissé un souvenir intact. Moi, je n'ai que des blâmes, des incompatibilités, jamais un effort pour réparer les choses. Je n'ai jamais connu le petit bouquet de trois ou quatre roses pour faire oublier la querelle du matin.

Pauvre Douce. Il en est des époux qui divorcent comme des gens qui se séparent d'un associé malhonnête, il leur revient parfois un petit méfait, un détail, un propos qui semblait oublié mais qui reprend soudain sa malignité et pour quoi on se sent lésé de neuf.

— Dis-moi Douce, crois-tu que ton mari a quelqu'un dans sa vie, qu'il veut se remarier ?

— J'espère bien que non !

– Là, tu m'étonnes. Et pourquoi ?

– Je ne pourrais que dire : la pauvre femme.

– Évidemment, c'est de la solidarité féminine. Écoute, allons marcher un peu, il fait si beau.

Claude est un homme de surprise. En descendant du car, à la gare intermodale, je l'ai aperçu qui m'attendait. J'ai été touchée, contente... émue ? Je crois, oui. Comment savait-il l'heure de mon retour ?

– J'ai téléphoné à votre sœur qui me l'a dite sans faire d'embarras. C'est une mauvaise heure pour trouver un taxi, même ici.

Chère Douce ! C'est bien le coup qu'elle doit me voir sur le sentier des amours.

– Ma sœur est très indiscrète.

– C'est que je suis très menteur. Je lui ai dit que j'avais oublié l'heure de votre arrivée. Je voulais vous voir pour vous rappeler que nous dînons ensemble samedi.

Ah ! J'aime les hommes qui racontent des salades ! Toute cette histoire, alors que nous vivons dans le même immeuble et qu'un simple billet glissé dans le passe-lettres...

– Autre chose, pendant votre absence, Maurice est venu porter un carton qu'il a laissé chez moi.

Tenez ! Voilà qu'elle me rattrape, la brigande ! J'avais pourtant plaisir à écouter des propos décousus, je ne m'attendais pas, pour finir, à y retrouver les papiers de Nicette. Je n'ai même pas tout lu de ce que j'ai déjà. Est-il possible de jeter tout cela sans y toucher davantage ? J'aurai besoin de courage pour lire mais encore plus pour y renoncer. Je veux savoir. Quoi ? Tout. Il y a des années que je m'interroge. Les réponses que j'ai eues, ces derniers temps, m'ont apporté, c'est curieux, encore plus d'interrogations. Par exemple, les lettres de Vincent à Nicette. Elles ne m'intriguent pas tellement quant aux événements, mais pour les senti-ments, je pense surtout aux mauvais, il y a de la matière ! Quand j'aurai lu ce que

Claude a pris chez lui pour l'apporter chez moi, je saurai. Je saurai une part de la vérité, et la vérité ce sera, je le pressens, que les mensonges dans tout cela sont nombreux. J'allais écrire « innombrables », mais il vaut mieux ne pas se faire une idée trop vaste de ce qui nous concerne.

– Allez-vous regarder ça ce soir ?

– Non, il est neuf heures et j'ai faim. Je verrai cela demain.

– Cora, je ne sais comment vous dire, j'ai eu la présomption de mettre votre couvert à côté du mien et j'ai quelque fricassée qui mijote lentement. Dans les trois minutes vous seriez à table.

– Le temps de me laver les mains.

Quand je fus assise devant une table bien mise, je me suis aperçue que je n'avais même pas pensé à retoucher mon visage, moi si coquette. Suis-je trop fatiguée ou suis-je indifférente ? Cet homme à mes côtés, que veut-il ? M'être agréable tout juste, ou veut-il que je l'aime, veut-il flirter pour passer le temps, veut-il mon amitié ou bien coucher, couchotter un peu ? Veut-il quelqu'un à proximité avec qui parler, ou un mariage, une liaison, l'oubli du passé ? Il s'ennuie peut-être ? En tout cas, il est plein d'attentions. Il a posé sa fricassée qui est composée de toutes sortes de légumes dans une sauce onctueuse sur un petit réchaud de table. Des fromages et des fruits attendent à l'autre bout. De la sorte, il n'aura pas à me laisser un seul instant.

— J'aime votre autre visage, dit-il soudain, je ne l'avais jamais vu, vous êtes beaucoup plus blanche. Je ne le préfère pas à celui que je connais, je l'aime aussi, c'est ce que je veux dire. Et pourtant, vous ne vous maquillez pas beaucoup, mais ce peu suffit à vous faire différente.

Autre interrogation : il dit « j'aime votre visage nu », mais est-ce bien tout ? J'ai le sentiment qu'il voudrait le toucher. Je mange à toutes petites bouchées pour faire durer ce gentil repas. Puis, tout à coup, sans avertissement, je pense à mon mari qui vivait, lui aussi, avant notre mariage, dans le même immeuble que moi, mais ce n'était pas celui-ci. Au reste, il était venu y vivre parce que j'étais là et que nous avions pensé que ce serait plus facile ainsi de garder notre secret.

– Le cours de vos pensées a tourné tout à coup. Est-ce que je me trompe ? Un peu triste, non ?

– Nostalgique, peut-être.

– Qu'est-ce qui peut rendre nostalgique ? Un amour perdu ? Un bien qu'on aimait et qu'on n'a plus, le temps qui passe ?

– Dans ce dernier cas, c'est la jeunesse qu'on avait et qu'on n'a plus.

– Permettez-moi de me moquer un peu. Je suis votre médecin. Votre quarantaine proche est bien jeune et je sais ce que je dis. Vous rougissez, Cora, est-ce que cela vous gêne, maintenant, que je sois votre médecin ? Si cela était, je comprendrais que vous changiez...

– Je ne veux rien de semblable. Vous prenez si bien soin de moi.

– Mais je ne vous soigne pas, vous n'avez rien. Je vous surveille pour qu'il ne vous arrive rien de fâcheux. C'est cela un généraliste, parfois.

Je suis un peu remuée, je lui tends mes deux main par-dessus la table. Il les a serrées très fermement.

– Ce petit dîner, c'est pour qu'il ne m'arrive rien de fâcheux, que je meure d'inanition, par exemple ?

– À cette heure-ci, je ne suis plus médecin, sauf en cas d'urgence. Ne tirez plus sur vos mains, je vous les laisse dans une seconde, mais laissez-moi un peu profiter de ce geste charmant.

Il est venu me reconduire à ma porte. Je me demandais, en marchant près de lui et en descendant l'escalier, ce que je ferais s'il voulait m'embrasser. Ce n'était rien de désagréable à envisager, mais je ne veux rien commencer que je n'entends pas mener à bon terme. Seulement, il n'a rien tenté de tel. Il a juste mis ses bras autour de mon cou, nos visages ne se sont pas touchés.

Sur le tapis du salon, Pandore est là – c'est ainsi que nous l'appelons maintenant – mais j'ai promis à Claude de ne pas l'ouvrir ce soir. Au reste, je tombais de sommeil, il faut en profiter et ce que je trouverais là...

Il m'est arrivé ce qui m'arrive toujours quand je suis préoccupée : j'ai sommeil et je ne dors pas. Rien que de commencer à perdre conscience me réveille, je me retourne, je me découvre, je me mets à penser à la journée qui s'achève. Même si elle doit rester sans lendemain elle m'aura été précieuse. Pas trop, cependant, pas trop. Je veux entrer dans cette amitié posément, sans tout mélanger. S'il ne veut pas mon amitié, il me le dira et je verrai, je verrai. Je me suis endormie, il était bien deux ou trois heures, j'ai commencé une vraie nuit, profonde, heureuse et je me suis éveillée fringante avec, en mémoire, un rêve que je ne raconterai pas. Ce serait inutile, car je ne l'oublierai pas.

J'ai passé plusieurs heures à ma table de travail, la tête pleine de mots, d'idées aussi, du moins je l'espère, idée est un mot que je n'emploie que parcimonieusement, une idée, fichtre ! ce n'est pas rien. Bref, j'ai écrit sans presque lever la main jusqu'à trois heures, après quoi j'ai relu soigneusement. Claude me dit souvent que mes livres le font rêver, j'essaie de ne pas démériter. Au milieu de toutes les révélations qui me font plutôt mal, ce que j'écris en ce moment se place tout à l'opposé, l'anecdote, bien sûr, mais surtout le climat. Ce n'est pas la première fois que cela m'arrive et je pense bien qu'il en fut ainsi à chaque livre, dans un sens ou dans l'autre. La vie, et la vie dans un livre, cela peut être deux choses si différentes à chaque bout de la réalité si je puis dire, que je suis toujours amusée quand les lecteurs croient deviner tous nos secrets.

J'ai enfin ouvert le carton qui contient les papiers de Nicette. Si elle a mis mes lettres dans deux boîtes à part, qui sont déjà ici depuis bien longtemps, me semble-t-il, deux mois ou plus, c'est parce que notre correspondance est la seule qui soit nombreuse et suivie, je pense ! Sur le dessus, une grande quantité de lettres dans leurs enveloppes, comme les miennes dans les deux premières boîtes. Elles sont classées par année, de sorte que je me trouve plongée dans le temps de sa jeunesse, la mienne aussi, mais je m'y retrouve mal. J'ai pourtant bonne mémoire, mais souvent je ne sais pas de qui sont ces lettres. Les enveloppes ne contiennent pas seulement la lettre reçue, mais aussi la copie de la réponse de Nicette, ce qu'elle fait dès l'âge de quinze ans à peu près.

Dès le début de ma lecture, je me suis mise bien en tête qu'il fallait que rien ne n'étonne.

Tout est fait pour intriguer, pour égarer, le tiers qui les lira peut-être. Celles de Nicette – les copies, donc – sont adressées à un « Cher ami » ou « Chère » seulement, parfois elles commencent par un simple « Bonjour » ; celles de ses correspondants sont signées soit d'une initiale, soit d'un paraphe ne ressemblant à rien. Puis soudain voilà « Chère cousine », je ne sais laquelle, qui a parlé de m'inviter pour une semaine de vacances à la campagne en même temps que Nicette et celle-ci de répondre : *Je ne tiens pas du tout à passer ces vacances avec Cora. Je la vois bien assez en ville. Il y a dix ans que je la connais* – c'était donc l'année de nos dix-huit ans –, *des vacances avec elle, j'en ai eu tout mon content.*

Ces propos et d'autres de la même farine revenaient dans plusieurs autres lettres. Parfois, je reconnaissais l'écriture de quelqu'un qui faisait partie du petit groupe. Je n'ai pas la mémoire des visages mais j'ai très vivement celle des voix et des écritures. Ils revenaient si fréquemment, ces propos, que j'étais près de croire qu'elle n'a conservé que ces lettres-là. Cocasse, au moins !

Puis, le temps ayant passé, sont arrivés les petits billets échangés avec Maurice. On peut les décrire par « recette pour jouer au chat et à la souris ». On sait déjà que la souris sera mangée, on se demande si ce sera d'un seul coup de dent ou à petites bouchées. Ce sont, je l'ai dit, des billets. J'imaginerais que, le plus souvent, ils n'ont pas été expédiés par la poste mais glissés dans la main, passés dans un livre. Il y en a quelques-uns qui sont curieux. Maurice a écrit qu'il acceptait son invitation et qu'il pourrait m'amener. Sur le même billet, glissé de l'un à l'autre, je suppose, Nicette répond qu'elle ne sait pas si je pourrai venir, que de toute façon elle comptait m'inviter une autre fois. Cela continue, le jeu des petits papiers, sur toute la feuille pour se terminer par : *Cher Maurice, est-ce que votre maman vous interdit de sortir sans être chaperonné par Cora ?* Il n'y a jamais de date, ils sont assez nombreux et donnent le sentiment qu'ils sont faits pour « chauffer » Maurice sans le laisser souffler.

Dans une enveloppe, je trouve une lettre de Maurice qui répond à celle de Nicette dont la copie est là. Elle se plaint qu'il n'ait d'yeux que pour moi, qu'il soit à mes ordres, enfin toutes sortes de reproches désagréables et bien peu mérités. Maurice répond en termes mesurés que je suis une camarade, que ses attentions ne sont l'effet que de l'amitié et de la politesse.

Nicette a écrit dans la marge : *Je suis certaine que Cora est amoureuse de Maurice.* Amoureuse me fait d'abord rire parce que j'ai là la preuve qu'elle ne soupçonnait pas l'existence de Romain mais je n'ai pas ri longtemps. Tout de suite m'est revenu à la mémoire : « Tu dois m'en vouloir, ce n'est pas toi qui as eu Maurice. » À quoi tiennent les choses de la vie !

Pour la suite des billets, je trouve des amabilités comme : *J'irai avec vous en ski si Cora n'y va pas*, en dessous de quoi Maurice a écrit : *Ce n'est pas moi qui invite.* Enfin sur un autre Nicette a écrit sous une phrase d'excuse de la part de Maurice : *C'est elle ou moi, si c'est elle, je cesserai de vous voir.* C'est le dernier petit papier, pour la raison, je vois cela par la date, qu'ils se sont fiancés peu après.

Il s'est trouvé que j'ai beaucoup vu Nicette au cours des mois qui ont suivi, non pas que nos relations se soient réchauffées, nous n'avons jamais été seules pas même une fois jusqu'à son mariage, mais parce qu'il y a eu beaucoup de mondanités autour de l'événement et comme elle a dit à une indiscrète : « Il faut bien qu'on l'invite, je la connais depuis toujours et elle est si seule. » J'ai horreur des gens qui « rapportent », cependant si je m'étais laissée aller à l'horreur, je n'en serais jamais sortie. J'ai pris le parti de m'en moquer tout en pensant qu'on exagérait et qu'avec un mot on faisait tout un propos.

Depuis très longtemps, je sentais bien qu'elle n'était plus ma Nicette. Si j'ajoute mes souvenirs aux bribes révélatrices, aux allusions, demi-mots, aux idées qui me sont venues, l'un engendrant l'autre, maintenant et au cours des vingt dernières années et peut-être plus, tout ce que j'ai rencontré en lisant ces billets et qui, absorbé peu à peu, serait plutôt anodin, j'ai le sentiment d'avoir devant moi une sorte de dossier de la rancune, de la jalousie. Et encore ! Je n'ai pas tout lu et j'arriverai peut-être à dire : de la haine. C'est énorme, ça ! Je cherche, je fouille le passé, à quel moment se serait-elle glissée entre nous deux ?

Moi, je n'ai pas voulu, je ne veux pas, je ne voudrai jamais la haïr. Cela a l'air naïf : se retient-on de haïr ? Même de façon fugitive, je ne veux pas. Même si elle s'éteint, le souvenir qu'on en garde reste comme une enclave en soi. Quand d'autre part, l'amour survient, on guérit peut-être, peut-être...

Je ne donne pas tout mon temps à cette exploration, je parle de Pandore. Il y a de tout là-dedans et des choses dont on se demande ce qu'elles y font, par exemple une feuille volante de la main de Nicette où je lis des propos qui me semblent inventés pour faire mystérieux. Au passage, je relis les lettres de Vincent à quoi je n'avais pas compris grand-chose non plus. Il écrit qu'il lui pardonne le petit larcin qu'elle avait commis pourvu qu'elle promette de le garder pour elle. Tout à fait clair si l'on savait de quoi il s'agit. Je trouve comique que Nicette ait dérobé quelque chose à Vincent qui ne l'avait, si cela se trouve, pas acquis plus honnêtement. Je me regarde dans la glace et je me dis : « Ma pauvre Cora, comme vous avez frayé avec des gens bizarres ! »

J'avais décidé d'interrompre mon exploration, fatiguée de déchiffrer des écritures diverses, au reste il y avait peu d'enveloppes et le fond de la boîte en était séparé par une feuille cartonnée. J'ai rassemblé ce qui restait, quatre ou cinq, et la première que j'ai regardée m'a arraché un cri : l'écriture que je reconnaîtrais entre toutes les écritures du monde et l'adresse de Nicette écrite de cette main-là, justement.

J'entendais bien qu'on frappait à ma porte. Je ne pensais pas à l'ouvrir. J'étais occupée à souffrir de la souffrance qu'on n'attend pas et qui s'étend sur soi d'un seul coup.

– Je peux entrer ? Je vous ai entendu crier comme j'arrivais. Il y a quelque chose ?

– Oui... j'ai envie de mourir.

– Ah ! c'est cette satanée boîte !

Je lui ai tendu l'enveloppe.

– Vous voulez que je lise ça ?

– Je ne l'ai pas lue. Lisez-la en premier, ce sera plus facile.

J'ai fermé les yeux avec force comme pour retenir les précieux moments où je ne savais rien, puis j'ai entendu Claude rire ou plutôt ricaner.

– Sacrée Nicette ! Laissez-moi continuer Cora, c'est trop drôle. Je vais vous

la lire, si vous le permettez mais je termine d'abord.

Il a lu un moment encore en faisant
entendre quelques petits grognements
d'appréciation.

– Voilà, vous pouvez tout entendre :
*Chère Nicette, j'ai eu votre billet ce
matin. Je vous réponds tout de suite. Vous
ne serez pas étonnée si je vous dis non,
je n'irai pas au rendez-vous que vous
m'indiquez. C'est bien difficile ce que je
fais en ce moment : vous êtes une amie
et, qui plus est, l'amie de Cora depuis
toujours. Je ne veux vous blesser d'aucune façon mais l'amitié, Nicette, c'est
sacré. Les amis d'un couple qui s'aime
sont là, il me semble, pour reconnaître cet
amour, non pas pour l'ignorer. Vous
voyez que je n'emploie pas de mots durs.
Vous me dites que j'ai accepté votre
baiser, c'est par surprise que vous m'avez
embrassé. J'ai détourné la tête aussitôt
que j'ai pu le faire sans vous repousser.
Je n'ai rien dit ? Rien ne me venait.* C'est
tout et c'est signé R. Ma fois, je suis le
moins surpris du monde. À la réflexion,

qu'elle n'eût rien tenté de tel aurait été étonnant. Plus j'explore la personnalité de cette névrosée, plus je crois que c'est le genre de brigandage dont elle rêvait. Votre mari lui a répondu par une très jolie lettre. J'admire qu'il ait gardé tout cela pour lui, qu'il ait considéré cela comme un secret, une vilaine chose qui ne devait parvenir jusqu'à vous, non plus qu'à Maurice.

Tout le temps qu'il parlait, je reprenais mon souffle. Cette lettre qui n'avait pas été conservée pour rien, me semblait-il, je n'avais, d'abord, pas pensé qu'elle avait été écrite pour dire non.

– Elle m'a fait douter de Romain.

– Juste un petit moment, dit Claude, pas plus. J'ai vu votre visage reprendre ses couleurs quand j'ai ri. Et puis, nous sommes des êtres humains et nous savons ce qui peut leur arriver. Ce qui est inexplicable, c'est la raison, ou les raisons, que Nicette a eues de conserver et de laisser derrière elle tous ces petits papiers, avec autant de poisons saupoudrés entre les feuilles. Cette lettre de votre mari, ce n'était guère flatteur pour elle, elle l'a conservée avec soin.

– Je crois qu'elle se fichait complètement d'avoir été refusée, que ce qu'elle voulait, c'est que nous sachions qu'elle était capable de tenter cela.

– Il faut beaucoup de haine, beaucoup d'aberration. Il me vient une idée qui n'a rien à voir. Est-ce que Maurice, qui a exploré tous ces cartons, a lu cette lettre ? Si oui, pourquoi ne pas l'avoir détruite ? Pour que vous sachiez une fois pour toutes qui était Nicette ?

– Pour que je tue la petite fille de huit ans ? Ah ! que je suis fatiguée !

– Allez, venez dîner avec moi, mais auparavant vous ne voulez pas voir un peu ce qu'il y a sous cette sorte de double fond ? Non ? Un petit effort et après, vous pourrez classer tout cela.

Sous la feuille cartonnée, couché là bien innocemment, tout seul, sans nul papier explicatif autour, le manuscrit perdu chez Vincent quelques années auparavant. Médusée, je lus le titre, *Des oiseaux de l'année,* sur la première feuille qui a été coupée là où se trouvait mon nom.

– Venez, ma petite Cora, nous parlerons chez moi et vous regarderez tout cela demain. Excusez-moi d'avoir insisté pour soulever ce double fond. Je vois bien que vous voilà très bouleversée.

Pendant le repas, nous n'avons pas du tout parlé du manuscrit non plus que de la lettre de Romain et même pas de Nicette, mais après :

– Voulez-vous savoir ce que j'ai trouvé au fond de la boîte, maintenant ?

– Vous pensez bien que la curiosité me ronge. D'autre part, je me demande si vous souhaitez m'en dire autant.

– Quand j'ai commencé à lire les lettres de la deuxième boîte, je me suis promis que ni vous, ni Maurice, ni personne ne sauriez rien de toute cette histoire.

– Pour quelle raison ?

– Parce que c'est vraiment « l'aventure sans gloire » typique. Si je vous l'avoue, c'est que j'ai confiance et que ne rien dire me semblerait d'une ingratitude dont j'aurais horreur. Dans la deuxième boîte, j'ai trouvé une liasse de lettres adressées à Nicette par Vincent. Vous

vous souvenez ? Vincent ? Or, j'avais eu, quelque temps auparavant, d'après les dates de ces lettres, une histoire avec Vincent.

– Je le savais.

– Et savez-vous que je suis allée le rejoindre quelque temps après son départ ?

– Je vous ai souvent parlé de ces hôpitaux de province où je suis demandé parfois. J'y vais toujours en train, ce qui me permet de revoir mes dossiers. Nous étions dans des wagons différents. Je vous ai aperçue de ma banquette rejoignant Vincent sur le quai. Moi, j'allais plus loin. Je vous ai vue éclater de rire, rire qui ne fut pas partagé, c'est peu de le dire.

– Je ne comptais pas vous parler de cette aventure peu reluisante et j'aimerais que nous ne parlions plus de ce garçon.

– Qui n'a peut-être pas eu de commerce amoureux avec Nicette, qui sait ?

– Pourquoi dites-vous cela ?

– Parce que c'est peut-être ça qui vous répugne, comme lorsqu'il s'agit de « Maurice-mari-de-Nicette », d'une part et que, d'autre part, rien n'est jamais certain avec Nicette.

J'ai pensé à cette affaire de collier de perles payé par des sourires tendres, du vent ! Et encore là, était-ce certain ?

— Ce que nous avons trouvé au fond de la boîte, c'est un manuscrit que j'avais pris avec moi pour le relire avant d'y mettre la dernière main. J'avais quitté Vincent après une discussion violente au cours de quoi il avait vidé ma mallette en lançant tout en l'air, ce qui m'a empêchée de voir qu'il s'était emparé de mon manuscrit. Bref, en arrivant chez moi, je me suis aperçue que j'avais perdu le travail d'une année. Je ne vous dis pas l'effet que cela fait, il faudrait trouver des mots que je ne connais pas. Je n'ai reçu de ce garçon que des réponses ironiques à mes réclamations : « Si vous croyez que cette chose est ici, venez la chercher. »

— Vous en parlez encore sans sérénité. On peut dire cela ?

— Vraiment, oui, on peut. Après quelque temps, ce qui a émergé des sentiments divers, rage, rancune, vengeance et quoi

d'autre où je me trouvai plongée, ce fut
la honte. J'aurais voulu que jamais personne ne sache, ni vous ni Maurice, que
ce garçon... Enfin, il semble que Nicette
même l'ait su assez vite. J'ai vu par leurs
lettres qu'elle était allée chez Vincent
presque tout de suite après moi. Il lui a
écrit, la semaine d'après, quelque chose
à propos d'un larcin et je vois bien, maintenant, qu'il s'agissait de mon manuscrit.
On peut imaginer que Nicette, laissée
seule dans l'appartement pendant la
journée, a fait les tiroirs, les armoires, les
coffres, par simple indiscrétion, qu'elle a
trouvé *Des oiseaux de l'année*, ce qui était
peut-être plus qu'elle n'attendait, et
qu'elle a mis cela dans son sac de voyage,
bien à l'abri.

— Pensez-vous le publier ?

— Ah ! je vous avoue que je ne pensais pas encore à cela.

Pour le moment, j'étais trop occupée
à remuer tout ce que ma mémoire conservait de cet incident et que j'avais tenté
d'oublier si complètement. Le temps avait
passé, on dit qu'il cicatrise les plaies, dans

ce cas-ci je dirais qu'il les cache. Il suffit d'une surprise comme celle qui venait de me secouer pour apercevoir sa vieille blessure. Je me souvenais de tout ce qui avait entouré ce coup du sort, mon désarroi et celui de mon éditeur qui avait déjà annoncé la publication, choisi la date et l'endroit du lancement, retenu le traiteur. Il avait perdu dans cette histoire et sans doute, aussi, sa confiance en moi pour quelque temps. Je lui ai paru une fille pas sérieuse qui promène, dans des endroits peu sûrs, un manuscrit dont il n'existe pas de copie. C'est la première chose qu'il m'a dite, plus tard, quand je lui ai apporté un autre livre : « Avez-vous un double ? » C'est un homme affable, indulgent, mais là, j'avais senti un reste d'irritation dans sa voix. Pour lui non plus le temps qui passe n'avait pas été guérisseur.

— Ni lui ni vous n'avez pensé que vous pourriez le réécrire de mémoire ?

— En effet, nous en sommes venus à cette conclusion. Je savais bien que j'aurais été sans cesse obnubilée par le sentiment que je courais après quelque chose que je ne pouvais retrouver. Il croyait que je ne devrais pas essayer d'écrire ce qui aurait été, finalement, un autre livre sur le même sujet, car disait-il : « Supposez que vous retrouviez *Des oiseaux de l'année*, si impossible que cela paraisse, il serait devenu inutilisable. » Cela m'avait fait rire. J'étais certaine que Vincent s'était emparé de mon manuscrit pour le détruire.

– Depuis la mort de Nicette, vous n'avez pas eu de nouvelles de Vincent ?

– Pas du tout. Quelle idée !

– Vous en aurez, j'en suis persuadé. Savez-vous ce que devient Maurice et si toute cette histoire d'immeuble est terminée ?

– Vous pensez que Vincent reviendra à Québec quand l'immeuble sera vendu ? Je ne vois pas à qui il pourrait se raccrocher. Le petit groupe s'est si bien renouvelé qu'il ne reste plus personne de celles qu'il a connues, et tout le monde marche en couple serré. Je ne vois pas bien où il pourrait faire sa niche, sans compter qu'il doit avoir la sienne là où il est. Est-ce que vous me reconduisez ?

Me reconduire, cela veut dire prendre l'ascenseur ou bien l'escalier et me laisser devant ma porte où, les premiers temps, il me prenait aux épaules en disant : « Laissez-moi vous embrasser. » Ce qui signifiait, au sens propre, vous entourer de mes bras. Un soir, comme il s'éloignait en se retournant un peu, je lui ai envoyé un baiser du bout des doigts. Il est revenu sur ses pas et m'a effleuré le visage de ses lèvres. Depuis lors, il m'embrasse non pas sur la bouche, mais pas bien loin. Je n'aurais qu'à faire « un faux mouvement » et nous y serions. Un soir de viduité...

Au milieu de ces péripéties, Douce est arrivée. Elle a découvert un bon appartement non loin des institutions où les enfants ont demandé leurs inscriptions. Je suis allée aider à l'installation.

– Tu vois, nous aussi nous avons le nez dans les cartons, m'a dit Douce, mais ici, cela manque de mystère.

J'aide à la répartition. Comme j'en porte un à bout de bras à la chambre de Jean, je le trouve assis au bord du lit. Il pleure. Je ne dis rien, d'autant qu'il me fait signe en posant un doigt sur sa bouche. Je chuchote à son oreille :

– Que se passe-t-il ?

– Rien. Mais j'ai perdu tous mes amis.

Ah ! perdre ses amis, perdre ses amis, mon petit Jean, comme je te comprends, tes copains, tes copines, tes amis d'enfance, tes fidèles. Je m'assieds près de lui et je pleure avec lui.

– Je sais ce que tu as, moi aussi j'ai perdu une amie, tu sais.

Là, nous sanglotons et Douce, qui se profile soudain dans l'embrasure de la porte, dit en souriant :

– Si on se cache pour pleurer, il n'y a personne pour nous consoler.

Au bout du corridor, venant de la chambre de Sophie, on entend une voix fraîche qui chante :

Je sais un coin perdu de la
Côte bretonne
Où j'aurais tant voulu

puis les paroles se perdent dans le brouhaha.

– Voilà un grand pot de citronnade et des verres.

J'ai le sentiment que Jean ne voulait pas être consolé aussi tôt, qu'il voulait bien boire la citronnade mais qu'il a encore des larmes à verser, et puis on n'a pas toujours envie d'être consolé par sa maman, on n'est plus un tout petit garçon et si la maman comprend cela on ne l'en aime que plus. Merci pour la citronnade toujours si bonne.

– Tu vois, Jeannot, comment est Douce ? Je suis sûre qu'elle te laissera aller voir tes amis quand tu le voudras. D'autre part, on peut aimer de loin tout autant, écrire, téléphoner, tu verras et les retrouvailles sont si agréables.

– Toi, tante Cora, qu'as-tu perdu ?

– Une amie... une amie d'enfance qui est morte.

Ce n'est pas à lui qui croit, je le vois bien, que l'amitié c'est si important, si nécessaire, si solide, que je vais raconter, alors qu'on lui suppose, à l'amitié, tou- tes les qualités que n'a pas souvent l'amour, qu'elle est parfois aussi cruelle, aussi menteuse, aussi lâche, que je vais raconter que cette amie je l'avais déjà cent fois perdue quand elle est morte et qu'elle a fait cela, mourir, sans un mot de récon- ciliation, sans jamais dire pourquoi, un jour, c'est devenu tout faux. Que je suis allée la voir quand elle vivait ses dernières heures et qu'elle ne m'a pas reconnue. Où

bien avait-elle encore assez d'entende-
ment pour feindre de ne pas savoir qui
j'étais, que j'étais Cora, celle de nos huit
ans, qui sait ? Je pensais à cela souvent,
qu'elle m'avait peut-être blousée jusqu'à
la dernière occasion. Non, ce n'est pas à
ce tendre garçon que je dirai que l'amitié
ce n'est pas toujours ce pour quoi il souffre
en ce moment.

Sophie chantonne toujours. Si elle est
triste, elle n'en laisse rien voir, elle est très
secrète. Au fond, je ne la connais pas bien,
elle ne parle jamais de ses sentiments.
Avant de me lever, je passe une main ca-
ressante dans les cheveux de Jean et, pour
résumer la situation, je lui murmure :

– L'amitié, c'est précieux, il faut lui
être fidèle.

Il sourit et m'embrasse dans le cou,
comme un grand, puis il dit :

– Tu sens bon, qu'est-ce que c'est ?

– Ombre rose.

Il me regarde, l'air de quelqu'un qui
vient d'apprendre un grand secret. Quand
Douce est venue reprendre les verres,
nous étions en train de placer des chaus-
settes dans un tiroir.

Nous avons fait, tous les quatre, des projets pour le dimanche. Je pensais, sans le dire, qu'un dimanche viendrait où ni Douce ni moi ne saurions où ils étaient passés. Pour le moment, nous vivions une expérience nouvelle, celle d'une sorte de famille improvisée où les enfants sont ramenés en arrière par le divorce et le déménagement. Tous les ajouts dont la vie s'élargit sont restés là où ils vivaient et où ils ne vivront plus. J'arrive comme une sorte de compensation, d'élément nouveau qui aide à colmater les vides. Il faut faire entrer cela dans ma vie déjà pleine.

J'ai donné quelques petits dîners pour présenter Douce. Elle est si belle qu'elle séduit sans peine et qu'elle est déjà invitée ici ou là. Maurice m'a dit au téléphone qu'il l'avait trouvée mieux que bien.

Néanmoins, tout cela ne m'éloigne pas du reste et, parmi ce reste, les papiers de Nicette. J'en parcours un bout un peu tous les jours, avec une certaine terreur. Claude a voulu lire le manuscrit retrouvé. Je n'étais pas très chaude : il est si amical que je craindrais trop d'indulgence. Je voulais une opinion sévère, je me sens inquiète, un peu perdue devant ce texte si éloigné de ma façon actuelle. Contre une promesse de rigueur extrême, j'ai mis la chose dans une grande enveloppe accompagnée d'un stylo à l'encre rouge.

La place de Claude dans ma vie est devenue tout à fait singulière. Il est un excellent conseiller littéraire et il est content de pénétrer avec moi dans mon petit monde d'écrivains. Quand je reçois une invitation pour deux personnes, comme il est d'usage, il s'offre à m'accompagner. Le samedi, nous allons dans les magasins, les librairies. Nous passons donc beaucoup de temps ensemble.

Il y a quelques jours, je me suis aperçue que je n'avais pas demandé de rendez-vous en temps voulu à... mon médecin de famille. Cela ne lui a pas échappé, j'imagine. Il y a quelque chose qui me retient. Pourtant nous étions amis auparavant, mais avant quoi ? On a peine à croire que quelques événements étrangers à la relation médecin-patiente puissent me faire négliger le soin que j'ai de ma santé. On peut dire les choses comme cela si on a peur des mots. Pour le moment, je n'en parle pas.

Comme il était question d'aller au cinéma samedi après-midi, il a manifesté le désir de rendre visite à sa mère « qui

s'ennuie un peu par ce mauvais temps »,
après la représentation et « elle serait si
contente de me connaître ». Ces itiné-
raires, depuis que je suis seule, j'ai appris à ne les point suivre, mais cette fois
je suis attirée par quelque chose d'informulé, la curiosité, la témérité peut-être,
l'envie d'être sensible, une sorte d'esprit
de justice envers un homme qui ne mérite pas d'être traité avec indifférence ?

Bref, nous y sommes allés vers les
cinq heures. C'est une belle personne, un
peu raide, sans embonpoint. Elle parle
beaucoup sans dire grand-chose, comme
quelqu'un qui ne veut pas permettre à la
conversation de s'égarer, la voix haute, le
débit staccato. Curieux ! Quant à son
regard, elle le jette de mon côté, très
agrandi, dès que j'ouvre la bouche.
Claude ne semblait pas mal à l'aise, c'est
tout ce que je pouvais en dire. J'essayais
de le rassurer en me montrant impavide
et contente d'être là. J'agrandis les yeux,
moi aussi, je souris tendrement, je suis
sûre de déplaire absolument.

– Je lui ai beaucoup déplu, n'est-ce pas ? ai-je demandé dès que nous fûmes assis dans la voiture, à l'abri, dirais-je.

– Oui... toutes les femmes lui déplaisent, mais vous c'est un peu plus. Tant mieux, c'est bon signe ! Vous étiez superbe.

– Pourtant, vous ne sembliez pas heureux.

– C'est que je ne savais pas comment les choses pouvaient se passer. Rien de disgracieux, je ne vous aurais pas exposée à cela, mais même dans le non-dit elle est parfois inattendue. Vous, vous avez été tout ce que j'attendais. Enfin, cela est fait. Allons chez moi prendre l'apéritif avant d'aller dîner.

Nous étions à peine installés que le téléphone a sonné. Dès les premiers mots, il m'a regardée en riant. « Oui, maman, mais non ça va, oui, non. » Cela continuait et j'attendais au moins une phrase entière.

– Mais je t'assure, maman, qu'elle ne cherche pas à m'entortiller, comme tu dis. Ce serait plutôt moi qui essaierais l'entortillement et je n'y réussis pas beaucoup.

La conversation s'est terminée sur des « mais non, maman, mais non ».

– Mais non, quoi, Claude ?

– Elle m'a dit que j'étais naïf. Elle a dit aussi que vous me teniez la dragée haute (moi, in petto : j'adore qu'on appelle ça la dragée), qu'elle avait flairé ça tout de suite. Elle est tout aimable, ma mère ! Vous comprenez pourquoi elle insistait tellement pour que je vous amène chez elle ?

– Pour connaître l'ennemie, je pense, moi aussi, j'ai flairé ça tout de suite !

Là-dessus, nous avons un peu ironisé et nous avons parlé d'autre chose tout le reste de la soirée.

J'ai mis du temps à m'endormir, plusieurs heures, et je n'arrivais même pas à lire avec attention. Nous avons eu une bonne occasion de débrouiller nos sentiments et nous l'avons laissée passer. Il n'a pas réagi à « connaître l'ennemie ». C'était une bonne perche pourtant. C'était presque midi quand je me suis éveillée et c'est l'idée que je ne pouvais pas laisser Douce passer ce dimanche à ne rien faire par ce soleil qui m'a jetée hors du lit. En rentrant, hier, je n'avais pas consulté le répondeur. En le faisant, ce matin, j'apprends que Douce est pour toute la journée à la campagne avec les enfants, invités tous les trois par Maurice. Je suis soufflée. Avec les enfants ! Cet homme est inspiré, c'est inattendu. Il a compris que Douce est une bonne mère. Je ne suis pas éloignée de croire qu'il a sinon compris, du moins senti qu'elle était une femme qu'il pouvait aimer, alors que ce n'était pas le cas pour moi. Tout le temps du repas où ils se sont revus, ici, j'ai perçu une sorte d'aller-retour de l'attention, de la curiosité et, le temps passant, de l'intention de plaire. Maurice disait des choses amusantes et Douce riait de toutes ses belles dents en renversant son cou gracieux. Elle connaît ses atouts.

Bref, les voilà tous les deux à la campagne, en train de déjeuner avec les enfants. Québec est entourée de jolies banlieues. J'aime bien que Maurice ne m'ait parlé de rien. Pas d'intermédiaires, on gagne ou on perd tout seul.

Puisque personne n'est là, j'ai travaillé en silence tout le reste de la journée. Depuis l'arrivée de ma famille j'ai un peu négligé mon travail, j'ai mon stylo qui sèche. J'en suis à la toute fin : relecture, révision, corrections et re-corrections. Vers les cinq ou six heures je sens que c'est terminé, plus rien à épucer, gratter, briquer, poncer. Je ne ferai pas mieux, j'ai donné ma mesure.

Demain, j'irai porter l'objet à mon éditeur. Il est indulgent, il accepte mes manuscrits présentés à l'ancienne. Je lui parlerai du manuscrit perdu et retrouvé. Il doit se souvenir de cette funeste histoire.

Je suis revenue de ma visite à mon éditeur le cœur en fête.

Mais avant de la raconter, je veux dire ce qu'il est arrivé de Douce, de ce dimanche campagnard et de la réaction des enfants. Vers neuf heures, Jeannot a téléphoné, surexcité mais parlant tout bas.

— Je te parle de la cuisine. Maman est dans le salon avec lui. Nous avons passé une journée ! D'abord, dans la voiture il m'a fait asseoir devant, c'est maman qui le lui avait demandé parce que j'aime tellement les autos. À l'auberge, j'ai mangé comme un ogre, les desserts, tu aurais vu ça ! Au retour, je me suis assis derrière avec Sophie et on s'est endormis tous les deux, comme ça maman était presque toute seule avec son amoureux.

— Son amoureux ?

– Ah oui ! on peut dire ça. Tu sais, les yeux des amoureux, c'est facile à reconnaître. Ça serait bien que maman soit en amour pour vrai. Ça la consolerait. Elle était tout le temps seule. Sophie pense pareil. Bonsoir !

Le lendemain, avant même de téléphoner à Douce, j'ai couru à la maison d'édition pour tenter d'être là la première. À ce moment-ci de l'année, c'est comme à l'urgence des hôpitaux mais là, toute l'année !

Mon cher éditeur a un peu feuilleté mon manuscrit, l'air pas mécontent du tout.

– Il n'y aura pas d'attente, j'ai réservé votre tour. Il y a autre chose ? Vous avez un petit air « anguille sous roche ».

Il me connaît ! Je lui raconte mon histoire. Il se souvient bien de cette affaire qui lui avait causé quelques ennuis. Il est ravi !

– Vous vous rendez compte ! Vous l'avez relu ? Vous ne le reniez pas ? Cela fait combien d'années ? Un vrai coup de publicité non mensongère ! Il faut retrouver les coupures des journaux qui avaient parlé de la disparition du manuscrit de ce livre déjà annoncé. Vous vous souvenez ? Ce sera votre publication de l'année prochaine. En attendant, motus !

Je suis sortie de là avec des ailes. En arrivant, j'ai levé la tête et j'ai vu Claude. Il me regardait et faisait de grands gestes remplissant toute la fenêtre.

Il m'a rattrapée alors que je sortais de l'ascenseur. Il se rendait à l'hôpital faire la tournée de ses patients.

— Mais ce n'est pas jour de consultation à votre cabinet ?

— Vous vous le rappelez ? Je reviens tout de suite après l'hôpital.

— J'aimerais bien vous inviter à déjeuner, mais c'est jour d'omelette et de salade.

— C'est très bien. J'apporterai des fraises d'arrière-saison et de la crème. Vous êtes impatiente, hein ? J'ai terminé ma lecture, oui, oui...

Il est parti en riant, presque en courant. Et de la crème ! Voilà comment une journée de régime est foutue.

Bref, il avait tout lu, tout aimé, même si, de mon fauteuil, je voyais l'encre rouge au fur et à mesure qu'il tournait quelques pages. « Des vétilles », dit-il. Certes, son opinion m'importait, toutefois je ne serai rassurée que lorsque j'aurai eu l'opinion de mon éditeur. Je saurai, alors, si je dois employer une partie de l'année qui vient à retravailler cette chose que ma voleuse et mon voleur volé m'ont peut-être, sans le vouloir, ménagé pour mon plus grand plaisir.

– Vous permettez que je vous lise un passage qui m'a plu, qui m'a intrigué. C'est celui où vous faites le portrait du médecin qui joue un certain rôle dans ce roman que vous avez écrit il y a long-temps. Quand je suis arrivé là, je me suis dit : « Tiens ! ça serait drôle s'il me res-semblait. » Eh bien ! pas du tout. Je suis certain qu'il ne ressemble à personne que vous connaissez. Je ne suis pas de ces lecteurs qui croient qu'un romancier ne raconte que ce qu'ils appellent « le vécu ». Ce que je crois, seulement, c'est qu'il peut, s'il en a besoin, décrire la vraie maison, les arbres qu'on voit par la vraie fenêtre, le vrai parfum de la personne qui nous a précédé dans l'ascenseur, les paroles qui sont tombées dans notre oreille en marchant dans la rue. Le reste... Je lis, vous permettez ?

Je répondais à ses questions. Il voulait tout savoir, mais si vous étiez si peu que ce soit indiscret, il se fermait comme une huître. Clac ! Il disait souvent : « Je ne fais jamais de confidences. » Il disait aussi que son travail exigeait cela et qu'un médecin doit donner l'impression de ne jamais rien raconter, c'est indispensable. La moindre anecdote peut sembler sortir de son cabinet. « Il y a des curieux qui pratiquent l'art du recoupement. Vous voyez les risques. » Il se montrait curieux de ma vie sentimentale qu'il ne comprenait pas bien. Il s'égarait dans les épisodes de mes amours et surtout de mes amitiés. Il ne croyait guère à la possibilité de l'amitié véritable entre un homme et une femme. Il m'a dit, un jour, l'œil amusé : « Il y a bien eu entre vous quelques petites privautés qui ont abouti à quelque chose de plus que l'amitié, allez, allez ! Je ne vous crois pas. » Irritée, j'ai pris dans mon tiroir une liasse de lettres que je lui ai tendues. « *Vous comprendrez, enfin, que nous n'avons jamais eu d'intention amoureuse, mariage, liaison, flirt, caprice, passade, rien de tout cela, et vous me direz peut-être pourquoi vous voulez absolument croire le contraire. »* Cet homme secret, si curieux d'autre part, n'a pas hésité une seconde, il a mis les lettres dans sa poche. Je ne les ai jamais revues.

Je vous avoue que j'ai été déçu de voir passer les lettres sous notre nez sans en lire au moins une ou deux.

– C'est vrai, je le suis aussi. J'y verrai peut-être au cours de la révision que je ferai pendant les mois à venir. Tantôt, vous m'avez dit « des vétilles ».

– Tout est là, au stylo rouge. Ce qui m'a le plus séduit, c'est le côté prémonitoire de ce roman alors que vous aviez plusieurs années à vivre avant la mort de Nicette. La mort de cet ami que votre personnage féminin a tant aimé et qu'elle aime encore après combien d'années...

– Je ne m'en souviens pas... elle non plus d'ailleurs.

– Là, nous allons nous mettre à y croire pour vrai. Je me suis demandé pourquoi vous aviez décidé que les lettres ne seraient jamais rendues. Pourtant, je n'ai pas été étonné quand ce médecin est mort, je l'avais un peu pressenti. Il devenait inévitable que les lettres se soient perdues.

– Vous aviez deviné que ce personnage mourrait ?

– Je vais vous dire : quand vous avez donné naissance à un personnage antipathique, vous finissez d'habitude par lui tordre le cou. Vous assassinez paisiblement et, quand c'est fait, le roman s'envole vers un bonheur possible même s'il n'est pas assuré.

Nous avons parlé encore un moment là-dessus, le temps passant, il s'est levé en soupirant comme un dormeur qui s'éveille.

– Cora, je sais depuis plusieurs jours et même des semaines, quelque chose concernant Nicette que je crois devoir vous dire et j'hésite. Parfois, je ne sais plus...

– Je vous écoute. Nous ne trouverons peut-être pas de meilleur moment pour partager ce secret ? Est-ce un secret ?

J'ai eu le temps d'imaginer deux ou trois choses plus impossibles les unes que les autres.

– Oui, un secret que je ne dirai pas à Maurice qui semble heureux ces temps-ci, mais qui reste fragile. Cora, j'aurais voulu vous tenir dans mes bras comme dans un refuge pour vous dire cela et aussi pour ne pas voir votre visage.

En me levant, j'ai éteint une des deux lampes.

– Quand Nicette a découvert sa maladie, ce qu'elle a découvert toute seule, elle n'a rien fait pour se soigner. Quand elle s'est mise à maigrir, elle a raconté qu'elle voulait retrouver sa taille fine. Quand la chose est devenue plaie ouverte – excusez-moi de vous dire cela – elle a cessé de sortir, passant ses journées en robe d'intérieur qui cachait sa maigreur aussi, le visage maquillé en prétendant ne souffrir que de névralgies.

J'étais bien serrée contre lui et j'y suis restée jusqu'à ce que je sente les sanglots se calmer au fond de moi. Il ne disait rien, il embrassait mes cheveux doucement. Ce qui est bien le geste le plus consolant.

— Comment vous sentez-vous ?

— Je sens que Nicette m'a rejetée...

— Et elle a rejeté, par ce geste, tous ceux qui l'entouraient, tous ceux qui l'aimaient.

— Appelleriez-vous cela un suicide ?

— Oui. Un long et affreux suicide. Je tiens tout cela du jeune médecin à qui elle quémandait des ordonnances. Il m'a dit l'étonnement que Nicette a suscité à l'hôpital quand elle y est entrée. Il y a dit que sa patiente refusait tout traitement, toute médication, sauf les calmants, qu'elle avait ses convictions. On a cru qu'elle faisait partie d'une secte. Il a réussi à la faire passer pour une extravagante. Au reste, il était bien trop tard pour tenter quoi que ce soit. Elle a très vite demandé à rentrer chez elle où elle a traîné quelques jours et où vous l'avez revue une dernière fois.

— Pauvre Nicette, elle n'a pas fait cela sans motif.

— Nicette n'avait que de la haine pour elle-même, c'est ce qui la poussait à faire des choses dont elle avait honte, comme on dit communément : de mauvaises actions. Quand elle a découvert son état, elle a tout de suite décidé qu'elle n'accepterait pas d'être soignée, qu'elle laisserait les choses suivre leur cours, déterminer son sort, une sorte de vengeance contre on ne sait qui à part elle-même. Je ne sais pas tout, sûrement. En tout cas, je n'ai pas voulu qu'elle soit ma patiente, je parle du temps d'avant sa maladie. Vous savez qu'elle s'est toujours refusée à son mari ? Et à qui que ce soit d'autre. C'est elle qui me l'a dit un jour qu'elle était venue à mon cabinet pour me demander une ordonnance.

— Elle a dit pourquoi ?

— « Ce type me répugne », ce sont ses paroles exactes, « ce type ». Cela m'a frappé plus que le mot « répugne ». Je pense à ce que vous m'avez raconté à propos de son père qui vous avait demandé un baiser.

Je me suis sentie anéantie, une fatigue immense, les tempes battantes. Je lui ai demandé de m'excuser. Je voulais me reposer. Il m'a donné un petit comprimé.

– Ce n'est rien de dangereux. Demain, vous vous réveillerez fraîche comme une fleur, l'esprit présent.

– Et j'aurai tout oublié ?

– Non. N'oubliez rien. Jamais.

En effet, je me suis couchée tôt, j'ai passé une bonne et longue nuit. Je me suis levée affamée et j'ai travaillé toute la journée à divers textes promis à des revues. Je comprends maintenant que Claude a voulu que je tire un trait sous l'histoire de cette amitié.

Vers les cinq heures, j'ai décidé de tout remettre ce qui encombre un bout de ma table dans le troisième carton, sauf le manuscrit, bien sûr. J'ai fait des petits lots sans me préoccuper d'autre chose que du format des enveloppes.

– Je peux entrer, a crié Claude en ouvrant la porte. Ah ! vous rangez tout cela, c'est une bonne idée. Le fond de Pandore est solide ? Voyons voir là-dessous. Ce papier kraft empêche de voir le fond.

Sur le fond, il y avait une photo, la photo de deux petites filles qui se tiennent par le cou, une petite brune pas laide et une blonde ravissante. Nicette et Cora à huit ans. Je suis tournée un peu vers elle, je la regarde, mais elle ne regarde que l'objectif. J'ai passé un doigt caressant sur ce beau visage et je l'ai embrassé « à travers le passé ».

– Est-ce que je dois la conserver, Claude ?

– Mais oui, assurément.

– C'est bizarre, je ne connais pas cette photo. Cependant, je me souviens bien de cette robe et de ces souliers avec une courroie. Nicette m'avait dit qu'ils étaient démodés. Je le savais, mais je les aimais. « Comment peux-tu aimer des souliers démodés ? » avait-elle répondu.

Je me suis assise sur le divan, ce petit rectangle luisant au bout des doigts. Il est venu s'asseoir tout près, à ma gauche.

– Pourquoi ne pas tenter de retrouver des souvenirs heureux, seulement des souvenirs heureux ?

– J'ai déjà essayé, mais les autres suivent.

– Ne voudrez-vous jamais être consolée ?

Consolée ? Comment fera-t-il pour me consoler cet homme aux mains douces et fortes ? Je le lui demande en riant un peu.

– Cora, laissez-moi au moins tenter de le faire.

Tenter est un mot qui me plaît. En ce moment, c'est le mot qui me convient. Il n'y a qu'une façon de dire oui.

Ah ! sombrer de bonheur, fermer les yeux, donner sa bouche qu'on a réservée pour cet instant précieux, consentir, offrir, mais savoir que cela n'expliquera jamais l'inexplicable.

Fin

Québec, juin 2000 – juin 2001

ACHEVÉ D'IMPRIMER
EN OCTOBRE 2001
SUR LES PRESSES DE AGMV-MARQUIS
MONTMAGNY, CANADA